Felicitas Andresen
Sex mit Hermann Hesse

Felicitas Andresen

SEX MIT HERMANN HESSE

Roman

KLÖPFER&MEYER

äh – das, was Sie, liebe leserin, lieber leser, hier als buchanfang vor sich sehen – ich meine die ersten zwei seiten – das ist ein kleiner text, den ich meiner blöden freundin Franziska gegeben habe für ihr blödes ein-frau-literatur-magazin-chen-lein-le, ich hatte ihn eigens dafür geschrieben. sie hat ihn nicht genommen. daraufhin habe ich ihr sofort die mitarbeit und die freundschaft gekündigt. ich verwende den text jetzt als vorwort zu dem folgenden buch, weil man aus ihm ganz gut sieht, um was es da geht, und sich entscheiden kann, ob man weiterliest. und das sag' ich schon gleich und jetzt, es ist immer derselbe protagonist und seine imaginären

FINGERABDRÜCKE

zuerst mal die verwelkten blumen weg. der bio-eimer steht in der mosterei.
so. jetzt durch den garten, die verwelkten ersetzen.
ich nehme die akelei, die dunkelblaue mit den acht blüten, die alle so aussehen, als wollten sie gleich davonfliegen, mit gesumm. und einen weißen flieder. ich will auch noch was rotes, aber die roten tulpen gehören der nachbarin, und ich komme mit dem unterarm nicht durch den maschendraht. also nehme ich einen rosenzweig ohne knospen, aber mit roten blättern. noch eine hellblaue iris. ich verteile die blumen, die schönsten auf das tischchen im eingangsbereich, wo ich zu sitzen habe, und dann noch ein paar in das gläschen neben dem gästebuch.
der einzige wasserhahn ist in der toilette. ich fülle wasser in die gefäße und zucke zusammen, wie jedes mal auf dem rückweg.
denn da steht – immer wieder plötzlich – ER.
extrem schwarz-weiß, überlebensgroß.
ER ist wirklich mehr als lebensgroß, ich habe es getestet, ich habe meinen zeigefinger auf seinen photographierten zeigefinger gelegt (auf den, der die zigarre hält).
mein zeigefinger war wie der von hänsel im käfig der hexe. zu dünn. (der fingierte, das stöckchen).

ER also. die haare kurz, kleiner bart, strenger blick von weit oben her durch runde gläser. zornesfalte über der nasenwurzel. vatermörder-kragen, fliege darauf. gehrock, schwarz mit feinen streifen, sichtbar gutes tuch. weste mit uhrkette. sehr aufrecht, hochfahrend geradezu. extreme vertikalspannung. jedes mal erschreckend, ein XL-schatten, soviel größer als man selbst.
oben hängen noch mehr photos von ihm im selben outfit, aber nicht riesig, sondern klein, so 20 mal 25 zentimeter, in holzrähmchen. im profil, heiter lächelnd, hand in der tasche. noch mal im profil, diesmal ein glas rotwein betrachtend. es war also ein photo-shooting. es war inszenierung und rollenspiel.
denn er kann auch anders. er kann mit malochermütze und cordjacke im garten graben, kann das söhnchen festhalten, das auf einem kürbis sitzt, kann splitternackt im see baden und zeigen, dass er ein wohlgestalteter mann ist. auf diesem photo hier lehnt er müde mit der wange an ihrer schulter.
SIE sieht aus wie eine melancholische russische bäuerin. ich weiß schon ein bisschen von ihr. sie war musikalisch, sie spielte klavier, konzertreif sagt man, sie war eine photo-künstlerin. aber jetzt wollte sie nur dem magenkranken liebsten sauerampferpudding kochen, für das erste, dann das zweite und später das dritte kind sorgen, für haus und garten, für licht mit petroleum-lampen und für wärme mit buscheln im kachelofen.
das wasser holte sie aus dem brunnen schräg gegenüber vom haus. es war schwierig, wenn das wasser im winter gefroren war.

wenn sie kinder gebar, war er gern auf reisen.
der's aufschrieb, war er, als es ihm nicht mehr gefiel.
»es ging ein paar jahre, nicht gut und nicht schlecht.«
»schwung hat sie nie gehabt. sie war ernsthaft und schwerlebig.«
»sie beharrte immer verschlossener in ihrem treuen, schwerfälligen wesen.«
»es war ja von anfang an nicht gut.«
das, geschrieben in »Roßhalde« 1914 von dem, den ich liebe, geahnt, gelesen, auf mich bezogen: ich glaube, ich würde auch gemütskrank.
St. Mauritius da drüben läutet die glocke alle viertelstunde, damit ich weiß, wann feierabend ist.
ich beuge mich runter und lege den kopf auf die seite, um zu prüfen, ob auf der glasplatte von seinem schreibtisch fingerabdrücke sind. die reibe ich mit den ärmeln von meinem sweatshirt weg. fingerabdrücke: auf Hermann Hesses schreibtisch gehören nur seine eigenen.

ICH HABE also demnach einen neuen job, ich bin aufsichtsbeauftragte im Hermann-Hesse-Höri-museum in 78343 Gaienhofen, seit heute. in den sommermonaten, april bis november genau gesagt, zwei oder dreimal die woche. rentnerinnen, hausfrauen, schüler und studenten. was ist unser kleinstes gemeinsames vielfaches? verfügbarkeit? bescheidenheit (acht euro die stunde)? gescheitheit? hingabe? ich soll das wohnhaus von Hermann und Mia Hesse betreuen. es ist das alte bauernhaus, das sie von 1904 bis 1907 gemietet hatten, bevor sie sich ein paar hundert meter von hier ein eigenes haus gebaut haben. aufsicht, kontrolle und, haha, das versteht sich ja von selbst, über Hermann Hesse sollte man auch bescheid wissen.
frau Hangarter musste sehr lachen, als ich sie nach einer rollstuhlrampe fragte. frau Hangarter teilt die aufsichtführenden ein. sie ist meine unmittelbare vorgesetzte. darüber gibt's frau Dr. Manegold, die museumsleiterin, und da drüber nur noch den gemeinderat und den bürgermeister.
ich solle mich in die sonne setzen. das habe ich heute schon öfters gesagt bekommen. wahrscheinlich kann ich da keinen schaden anrichten und man kann mich von der museumskasse aus sehen.
von der museumskasse aus sehen?
es gibt zwei häuser: das Hermann-Hesse-Höri-museum

(mit kunst der Hörimaler, Hesse-dokumentation im ersten und ausgrabungen vom seeufer aus der neusteinzeit im zweiten stock), und dort ist die museumskasse, UND, schräg gegenüber, zum museum gehörig und durch das fenster von der kasse aus gut sichtbar, das ERSTE WOHNHAUS VON HERMANN HESSE HIER IN GAIENHOFEN.
ich weiß nichts!
finde wenigstens den feuerlöscher und einen ordner für die fälle: überfall, unfall etc.
ich laufe kreuz und quer durchs haus. Hesses biographie auf tafeln. ich merk' mir schon mal, WANN er WO geboren ist: am 2. Juli 1877 in Calw!
dann ist die erste viertelstunde rum. (St. Mauritius!)
ich lese im werkverzeichnis. Hermann Hesse ist der goldesel des Suhrkamp Verlags, hat jemand geschrieben, die cashcow, heißt es an anderer stelle.

*

dieses in meiner obhut befindliche haus stammt von 1705. es wurden mit einem zuwachsbohrer bohrkerne aus dem inneren eichenfachwerk gezogen. der letzte wuchsring der verwendeten bäume wurde im jahr ihrer fällung 1705 gebildet.
so steht es auf einer tafel neben dem eingang. ich lese es halblaut.
es klingt schön!

*

oh, die erste besucherin! ich muss mich beherrschen, damit ich ihr nicht die hand gebe. sie zeigt mir das eintrittsbillett und stellt eine frage:
wie lange brauche ich zum nachbarort?
ich spüre, dass ich blass werde. dabei bin ich in dem nachbarort geboren. ich bin aber noch nicht darauf gefasst, auf eine frage eine antwort zu geben.
(verdammt, wie heißt der scheißweg, der zu Hesses haus raufführt? ah, ja, Erlenlohweg.) Hesses haus? ja, allerdings, wir haben zwei davon. dieses dorf wird von Gott geliebt.
ich hole tief atem und empfehle ihr den Erlenlohweg. ihn verlassend, gelangt sie in den Hermann-Hesse-weg, in dem das haus steht, das Hesse selbst gebaut hat, beziehungsweise hat bauen lassen vom architekten Hindermann aus der Schweiz für zwanzigtausend weiß nicht was. und das wunderschön von privatleuten, der familie Eberwein nämlich, restauriert worden ist. sie haben dafür sogar den landesdenkmalpreis bekommen. und von da aus kommt sie in den nachbarort. einen bogenschuss weit, oder zwei, sage ich. auf dem weg, dem Hermann-Hesse-weg, kann sie die ganze zeit, etwa eine viertelstunde lang, an Hermann Hesse denken und hat gleichzeitig den blick über den Untersee, die Reichenau und den Säntis dahinter, zumindest bei föhn.
ich erzähle, dass ich dort, im »neuen Hesse-haus«, grad war und dass man an einer führung teilnehmen kann und dass die besitzerin, frau Eberwein, über das reformleben um 1900 sprach, auch über die architektur und die innenarchitektur und die stilistischen

veränderungen und feinheiten. ich erzähle, dass sie uns auf die im original erhaltenen türklinken aufmerksam gemacht hat. die türklinken, nach dem verlauf der hand geformt mit einer aussparung für den daumen. ich erzähle, wie sie die türklinken liebkoste. ich habe es nachgemacht. oder vorgemacht. man umschließt die türklinke sanft mit der hand und bewegt die hand hin und her. ich sage, man drückt damit respekt und zärtlichkeit aus. wenn man es sehr doll macht, auch leidenschaft. ich erzähle der besucherin, was ich auch noch erfahren habe: die frau von Hesses leibarzt, Ida Huck, hat mit ihren freundinnen, zu denen vielleicht auch Hesses frau Mia gehörte, auf dem Hohentwiel ihre korsetts verbrannt.
die besucherin fragt: wieso gerade dort?
das weiß ich eigentlich auch nicht. ich mache vorschläge: vulkan-mystik. Blocksberg-anklänge. korsetts, sagt Eva Eberwein, waren die folterwerkzeuge des körpers der damaligen frauen.
vielleicht, sagt die besucherin, war es ein symbolischer befreiungsakt. und vielleicht brauchte man dafür einen besonderen, geschichtsträchtigen ort.
ich stimme ihr zu.
aber, sage ich, es gibt sie wieder, die korsetts, zum beispiel in der gothic- und in der erotik-szene.
darauf möchte die besucherin aber nicht eingehen.
nach einer kleinen pause sage ich, ich fühle mich in dem neuen Hesse-haus so zuhause, weil, es sieht dort ziemlich aus wie bei mir, in meinem geburtshaus, im nachbarort, wie gesagt, wo sich ja auch seit 1920 so gut

wie nix verändert hat. auch Hesses kinder auf den photos sind so angezogen wie meine mama und ihre brüder, alle hübsch und barfuß. es fehlt nicht viel und ich lade die besucherin zum kaffee ein.
und ich erzähle auch, was ich noch erfahren habe:
auf dem Monte Verità traten nackte männer barfuß auf den spaten.
es schüttelt uns beide.
die besucherin geht und ich staune über meinen doch noch in gang gekommenen redefluss und finde, ich habe einen guten service gemacht, dafür, dass es der erste tag ist.

*

ich betrachte alle photos. auf einem ist H.H. auch nackt und hat den kleinen sohn vors geschlecht gestellt.
Hermann Hesse ist sehr oft zigaretten holen gegangen.
das geht aus der lektüre seiner biographie hervor.
oh, da ist die hörstation! wow, da spricht er selbst! das hör ich mir an, aber erst, wenn meine knie nicht mehr zittern.

*

ich habe verwelkte blaue irisblüten von meinem strauß auf dem tisch abgezupft und zwischen ihren lebendigen schwestern draußen im beet versteckt, muss alle sträuße vorsichtig entrümpeln, die mosterei ist abgeschlossen, ich kann also nicht an die biomülltonne, hab' aber keine lust, den schlüsselbund zu holen, den sie da drüben an der museumskasse so besessen hüten, es mir erklären zu lassen, das ist der schlüssel von der mosterei, und ja wieder abschließen und zweimal rumdrehen, gelt, ihn zurückzubringen, verfolgt von aufmerksamen blicken, legt sie den auch in die richtige schublade, genau auf den grünen ordner? herzlich willkommen bin ich noch nicht.

*

wenn man ein haus betreut, muss man wie ein arzt die schwachstellen des körpers kennen. ich finde ein staubtuch und leite die fahndung ein. auf jeder der vitrinen, in denen man die rezeption Hesses in Schweden, Flandern und Griechenland und auch auf kyrillisch und japanisch betrachten kann, sind fingerabdrücke, als ob die besucher alle punktschrift läsen, und schmierige wischer, als ob sie was radieren wollten. das stimmt wahrscheinlich, ich habe schon einen besucher gehabt, der sich gewaltig über eine falschmeldung empörte und vielleicht versucht hat, sie mit dem finger zu markieren und zu löschen, wie man das heute so gewohnt ist.
ich poliere die vitrinen, ich weiß auch schon, wo spinnweben sind, und ich habe, weil ich mich nicht vor der herrentoilette drücken kann, vom pissoir ein schamhaar entfernt.

*

manchmal schleiche ich, wenn keine besucher da sind, hinüber ins museum. dort, in der cafeteria, ist der kassenbereich. ich sollte sagen, dort ist die kasse und dort ist auch die cafeteria, so wird ein schuh draus.
an der kasse sitzt frau Kiehnle. sie bedeutet mir lächelnd, dass es noch zu früh für mich ist, meinerseits an der kasse zu sitzen. aber ich könne schon mal die klappstühle und den klapptisch vor die tür stellen, die sonne sei ja jetzt herausgekommen … und vielleicht sei in der mosterei ein gartenbesen und ich könne ein wenig unter der linde fegen, das sei immer mal nötig. und im keller sei das toilettenpapier deponiert und es sei gut, wieder neue rollen auf die spülkästen zu legen, und auch die seifenspender …
wie frau Kiehnle mal kurz draußen ist, um einen neuen strauß zu schneiden, nähere ich mich vorsichtig dem computer so auf ein meter fünfzig.
ich betrachte die felder mit Hesse-titeln, sehr viel geht nicht auf eine gemalte taste. amenzin, Knulp, iddharth, eppenwol, asperlenspi, iss und Goldm, term Rad, ingsors letz, Demian. na gut, denke ich, die werde ich alle lesen.

*

» … es lebe Peter Camenzind. ohne den hätte ich nicht heiraten und nicht hierherziehen (und den tourismus auf der Höri im 3. jahrtausend ankurbeln) können. er, Peter Camenzind, hat mir 2.500 mark eingebracht, davon kann ich zwei jahre leben, zumindest, wenn ich

hierbleibe.« das hat herr Hermann Hesse an herrn Stefan Zweig geschrieben am 11.9.1904. vom erlös dieses buchs haben die Hesses also hier gelebt. es erscheint mir sinnvoll, mit diesem buch zu beginnen.
»Camenzind« fängt gewaltig an:
»die berge sprachen von damals, da die erde barst und sich bog und aus ihrem gequälten leib in stöhnender werdenot gipfel und grate hervortrieb …« na gut, denke ich, er ist anfang zwanzig, es ist fünf minuten vor expressionismus, kann man so stehen lassen. nachher nimmt das auch fahrt auf, wird sogar ein bisschen mutig und übermütig, gefällt mir ganz gut. wollt ihr mal wissen, was er übers weintrinken schreibt? über den wein, genau gesagt?
»wer ist so mächtig wie er? wer ist so schön, so phantastisch, schwärmerisch, fröhlich und schwermütig? er ist ein held und zauberer. er ist ein verführer und bruder des eros. er vermag unmögliches; arme menschenherzen füllt er mit schönen und wunderlichen dichtungen. er hat mich zum einsiedler und bauern zum könig, dichter und weisen gemacht.« und so geht's noch lange fort.
das tröstet mich nach der deprimierenden sendung heute morgen bei Bayern 2 über den pro-kopf-konsum VON und den ungeheuren volkswirtschaftlichen schaden DURCH alkohol hierzulande.
und kollegen-bashing zum »Camenzind« hab' ich auch gefunden:
»Hesse: ehe zw. Gottfr. Keller und der Marlitt, mehr nach der seite der mutter. der Camenzind fängt gut an und klingt gut aus. aber merkt niemand die kluft

zwischen dem ton des endes u. dem des buches? merkt niemand, dass sagen: die natur ist schön noch keine dichtung ist? fühlt niemand, dass auch eine bessere schilderung der natur nichts wäre? … fühlt niemand die eigentümliche anerotik dieses buches? das sentimentale seiner freundschaften. das selbstverständliche küssen von männern u. miteinanderleben u. füreinander schwärmen – das selbstverständliche! unbeachtete! brottägliche! in summa das homosexuelle dieses buches? fühlt niemand den schwindel mit der guten frau in Italien, die wie solche guten frauen gewiss selten badet? es soll nicht gesagt sein, dass solche frauen keinen reiz haben, aber es ist ein problem, u. das behandelt man anders … merkt niemand das schlechte und gemeine deutsch des buches? diesen komiss-stil? fühlt niemand den holprigen gang, das dilettantische, geheftete dieses buches?«, sagt, schreibt der Robert Musil 1910. später, 1931, schreibt er aber doch an Hermann Hesse: »ich bin ein großer verehrer ihrer kunst.« nachgedacht? geschleimt? beides?

*

das faksimile seines haushaltsbuchs hängt an einer wand neben seinem arbeitszimmer. schön leserlich geschrieben mit lateinischen buchstaben, so dass es jeder nachvollziehen kann, auch noch hundert jahre später, einnahmen, ausgaben in spalten, alles wohl geordnet. ich schaue mal unter einnahmen und da unter: rechnungen m. S. Fischer.

er hat im sept. 1904 (für den »Camenzind«, denke ich mal) ein guthaben von 2.656 mk und 60 pf. gut, so weit ist mir das schon bekannt. aber:
im oktober kommen dazu 1.800 mk (von Fischer)
im november: 2.400 mk (von Fischer)
im dezember: 3.000 mk (von Fischer)
im februar 05: 1.800 mk (von Fischer)
im april: 1.800 mk (von Fischer)
also fast jeden monat eine neue auflage, im mai 1905 ist er bei der 7. auflage, wenn ich das richtig deute, und bei 13.565 mk und 55 pf. (+ 112,45 mk zinsen.)
nicht schlecht, herr specht.
auf der gegenüberliegenden seite die ausgaben.
im august 50 mk für zigarren! das war so viel wie vier monatsmieten! also, Hermann, dafür würdest du heute von der nichtraucher-mafia gekreuzigt!
einen filzhut hat er sich gekauft für 4 mk und wein aus Meersburg für 19 mk.
soll mich das befremden, dass da einer so artig buch führt? erst mal nicht. er ist halt streng erzogen.

*

eine fliege begleitet meinen nachmittag, verrichtet ihre gewohnheiten, zieht mit beiden vorderfüßen den kopf nach unten, ringt die hinten angebrachten beine. jetzt ist sie weggeflogen, sie fühlt sich beobachtet, ich wollte gerade ihre beine zählen, es sind aber sechs. das weiß man eigentlich, aber die hand hätte ich nicht dafür ins feuer gelegt. die beine wachsen ein stück weit aufwärts,

vor allem das mittlere paar, und führen dann trapezförmig zum boden. die fliege ist wiedergekommen und wandert an meinem daumen runter und betastet ihn mit ihrem rüsselchen, als ob sie ihn stempeln wollte. mir fällt ein, dass ich einen neuen pass beantragt habe und zum ersten mal meine fingerabdrücke herausrücken musste. ich war auch beim ganzkörper-hautkrebs-screening beim schönen doktor Roszondai, oh weh, man hat kaum noch geheimnisse.
der gesamteindruck der fliege von oben ist der eines delta, einer concorde mit durchsichtigen flügeln, das wär's doch, alle großen erfindungen wurden durch naturbeobachtung gemacht: flugzeugflügel aus plexiglas. ich denke da jetzt nur ästhetisch, nicht funktional.

*

ein besucher hat sich vor mir verbeugt! ich wurde ganz rot. ich habe die kombikarte verstanden. die kombikarte erlaubt den eintritt sowohl ins Hermann-Hesse-Höri-museum wie auch ins Dix-haus im nachbarort; meinem geburtsort, wie gesagt. man muss von der großen karte das bild vom Hermann-Hesse-Höri-museum abschneiden, so dass das bild vom Dix-haus übrigbleibt oder umgekehrt und der aufsichtsbeauftragte (ich z.b.!) weiß, wo der besucher schon war und wo er auf keinen fall noch mal hin darf.

*

ein anruf aus Singen, die Käsbach-bilder können abgeholt werden. am 20. april! was für ein datum. an dem tag kann man gar nichts abholen, sage ich höflich. an dem tag muss man schweigen und trauern. der teilnehmer versteht das nicht, und ich erkläre es ihm auch nicht. er will aber wieder anrufen.
einer hat tulpenzwiebeln im museumsgarten mitten in die wiese gesteckt. da wächst jetzt ein büschel tulpen und die blühen. ROSA! so etwa ein meter darüber apfelblüten. meine augen gehen entzückt rauf und runter, rauf und runter, ich will das weiß und das rosa mischen wie den sugo mit der pasta, um einen ganzheitlichen genuss zu haben.

*

he, ich sitze an SEINEM schreibtisch, um das hier zu notieren, eigentlich aus versehen, ich soll hier oben die blumen gießen. es handelt sich um die blumenkästen vor den fenstern. kommt heute nicht ein gewitter, frage ich vorsichtig? mit platzregen?
ha, das sagen sie schon seit drei tagen.
also muss ich.
die blumenkästen also. es gibt ziemlich viele fenster, die zähle ich jetzt wenigstens mal. von diesen fenstern weiß ich, dass ich sie mit einem haken aus metall (man nennt ihn, glaube ich, vierkantschlüssel) öffnen MUSS, den ich in eine quadratische öffnung schieben MUSS und dann so drehen MUSS, dass das quadrat zur raute wird. beim schließen ist es umgekehrt. es

MUSS genau stimmen, sonst kann ich am abend die tür nicht SCHARF SCHLIESSEN (heller hoher piepton, zehn sekunden) und MUSS alle fenster nach dem fehler absuchen. ich habe es schon erlebt, im museum gegenüber. es dauert stunden. unbezahlte. daher rührt meine besorgnis, eigentlich arbeitsscheu bin ich ja nicht. auch war ich blumenkästen gegenüber in meinem leben immer eher spröde. es ist eine neue erfahrung. ich öffne das erste fenster. oh, die erde ist sehr trocken. und viele blüten sind verwelkt. man sollte sie abschneiden, denke ich. die schere rückt frau Kiehnle drüben im museum nicht heraus, es ist eine papierschere. eine papierschere, sagt sie, darf man ausschließlich zum schneiden von papier verwenden. ja, sage ich, geranienstängel sind viel zu lebendig. ich habe aber in der schublade des tisches, an dem ich zu sitzen habe und pflege, ein küchenmesser gefunden.

ich hole mir eine der plastiktüten, in die sonst immer Hermann Hesses von den besuchern erworbene bücher gestopft werden, und entferne die ersten welken blüten. es geht gut, auch ohne messer. es handelt sich, wie gesagt, um geranien, die aber nicht hellrot sind (wie geranien zu sein haben), sondern zyklam-farben und kirschrot/weiß. dann hole ich eine gießkanne aus der mosterei und gehe zum brunnen, zum selben, zu dem Maria Bernoulli-Hesse 1904 bis 1907 ging, mehrmals täglich, manchmal ging auch ER, weiß ich inzwischen, und fülle sie zur hälfte mit wasser, sonst wird sie zu schwer. obwohl ich, während ich lohnarbeit verrichte, eigentlich nicht poetisch gestimmt bin, gefällt mir doch

die vielstimmigkeit des wassers, wie es ins erste und dann ins zweite brunnen-becken fließt und schließlich in meine grüne gießkanne.
bis zum heutigen tag darf man aus diesem brunnen trinken!
ich gieße behutsam, nicht zu viel, nicht zu wenig, da kann man auch einiges falsch machen. so, fenster zu, raute zum quadrat, ja klappt. verdammt, wie weit waren jetzt die vorhänge geschlossen? ich glaube, ziemlich geschlossen. im museum muss eher dämmerlicht herrschen, damit die empfindlichen exponate nicht leiden. natürlich haben wir auch spots, die die hartgesottenen gegenstände ins rechte licht rücken.

*

mein blumenstrauß von heute: erste rosenknospen und eine weinranke. die kleinen trauben sind schon stecknadelkopfgroß. alles zusammen wirft einen bezaubernden schatten auf die wand neben dem gästebuch.
frau Dr. Manegold kommt mit einem kombi direkt aus Marbach und Calw und bringt eine ganze ausstellung mit. ich helfe ihr reintragen.
vom kirschbaum im museumsgarten ist ein riesiger ast abgebrochen unter der last seiner früchte. ich werde hingeschickt, welche zu pflücken, morgen seien die kaputt bei der hitze.
die nachbarn sind gekommen und pflücken auch kirschen. ich muss erzählen, woher ich komme. von Hemmenhofen. und von wo da? von Rau. ah ja, da hent mir

immer gschpielt am see. ich auch, sage ich. überall, bis man weggeschickt wurde. dann ging man woanders hin. es war viel platz.
die kirschenernte. achtzig prozent sind dem regen zum opfer gefallen, weiß ich aus dem radio. meine nachbarn hier wissen es aus erfahrung. später werden meine kollegin und ich beide schrecklich müde. es gibt immer noch kein gewitter. wir wollen pünktlich schließen und müssen unhöflich sein, und zum glück ertönt mein piepton, das heißt die tür ist scharf geschlossen, ich habe also alles richtig gemacht und darf nach hause gehen und den abend feiern.

*

ich habe ein gespräch mit einer besucherin: warum autoren oft so alt werden.
ich: Hermann Hesse hat gesund gelebt. Maria Bernoulli hat ihm sauerampferpudding gekocht.
dann fällt unser blick auf die mohrrübengroße zigarre in seiner linken hand. und der trollinger fällt mir ein, es war ein rest in der flasche, den wollte er noch austrinken und hat sich deshalb nicht erschossen. sagt wenigstens Werner Dürrson in einem gedicht.
ich erwähne die stimulierende wirkung des unbedingt-noch-was-sagen-wollens.
sie meint, geistige tätigkeit sei gut gegen demenz.
dann kommt Goethe. wir sind uns einig, der hat nicht gesund gelebt. zwei flaschen wein am tag. mindestens. und bestimmt fettes essen. allerdings kein analog-käse

oder analog-schinken. das essen war noch redlich. das sehen wir beide ähnlich.

*

gestern haben wir die ausstellung »Farbe und Wort« eröffnet. Hermann Hesse steht für das wort und und Cuno Amiet für die farbe. eine künstlerfreundschaft, eine schwierige, wie ich jetzt weiß. die eröffnung war leise und gepflegt, diskret weltläufig, bescheiden selbstbewusst. totaler gegensatz zum abend davor, wo ich im ballsaal des Seerhein in Konstanz war und ein herr Bittel und meine große liebe Arnold Stadler aus ihren neuen und alten büchern lasen mit defekten mikrophonen, in die sich nur bellen ließ. durch einen daumengroßen ausschnitt konnte ich Arnold Stadler ins schöne gesicht starren. sie haben konsequent nur blödes zeug geredet. Arnold Stadler sagt/bellt: ich recherchiere NIE.
ich sage: herr Arnold Stadler, wie ich mal im Frauengrund, so heißt unser wald zwischen Hemmenhofen und Gaienhofen, spazieren ging, da sah ich plötzlich, wie verschieden die blätter aussehen, je nachdem, ob das licht von oben auf sie fällt oder ob man die unterseite betrachtet, und um wieviel uhr man schaut. und zu hause wollte ich das notieren und wusste nicht mehr genau, wie das ausgesehen hat. also bin ich am andern tag um die gleiche zeit wieder hingegangen und hab es noch einmal genau angeschaut. (und hab' gesehen, wie wunderschön das von der sonne durchleuchtete grün von unten aussieht, eine smaragdgrüne röntgenaufnahme!)

das ist auch recherche, oder? und ich wette, das machen Sie auch.
und, wo ich gerade das buch »Sehnsucht« von Ihnen lese, auch jugendbedingte beschwerden müssen sorgfältig geschildert werden unter genauer beobachtung des beobachteten. und das machen Sie ja auch: fünf mal das wort erektion auf zwei seiten, wow!
nichts für ungut. wenn EINER den Büchnerpreis verdient hat …
aber das habe ich alles nur in gedanken gesagt, mir war nach schweigen und fliehen.
und du, Hermann? wie sieht's bei dir mit recherche aus? wie hast du's mit der wirklichkeit?
»es gibt keine wirklichkeit als die, die wir in uns haben.«, sagt der Pistorius zum Sinclair. das habe ich im »Demian« gefunden.
bis jetzt treibe ich's mit der Hesse-lektüre noch ein bisschen wie beim kalten buffet, hier ein häppchen, da ein häppchen. und manchmal passt ein häppchen zu meinen bohrenden fragen.
z.b.: »darum leben die meisten menschen so unwirklich, weil sie die bilder außerhalb für das wirkliche halten und ihre eigene welt in sich gar nicht zu worte kommen lassen.« oder »die wirklichkeit ist das, womit man unter gar keine umständen zufrieden sein, was man unter gar keinen umständen anbeten und verehren darf, denn sie ist zufall, abfall des lebens.«
also, sage ich nach rechts, du machst recherche mehr in den inneren beständen. ich werd' es aber im auge behalten, ich will dir nicht unrecht tun.

*

ich bin die, die den besen aus der mosterei holt, ich bin die, die ihn benutzt und die buchsbaumblättchen und die abgeschnittenen lavendelzweiglein zusammenfegt – den buchsbaum allerdings hat frau Kiehnle zur kugel geformt. ein besucher sagt: oh, wie fleißig.
wenn einer/eine ein gedicht schreibt, sagt das niemand.
wenn H.H. durchs dorf ging, so geht die überlieferung, sagten die bauern erst verlogen freundlich: so, so, Herr Hesse, gont mr a weng schpaziere!? und war er vorbei, dann steckten sie die köpfe zusammen und sagten: des isch a fuulenzer!
ich bin die, die die neue klorolle in die halterung steckt und die leere papprolle in den bindeneimer wirft. ich bin die, die mit dem schlüssel klappert und die besucher auf die vergehende zeit verweist.
ich bin die, die hier die verantwortung trägt. aber wie funktioniert die alarmanlage? ich bin die, die die welken geranien zupft und die fingerabdrücke kontrolliert und entfernt. ich bin die, die seine lebensdaten schon fast auswendig kann und bald auch das gedicht vom nebel.

*

verdammt, ein besucher nach dem anderen und jetzt noch eine verirrte hummel, die an die sonne sollte, und ich will doch Hesse live gedichte lesen hören …

so, sie sind weg, die hummel ist draußen.
ich setze die kopfhörer auf.
ich höre ihn sprechen. Sankt Hermann selbst! überläuft's mich? ja. ein bisschen. aber es hört schnell auf. »Julikinder«. »Im Nebel«. »Stufen«. das schwäbisch ist dezent. er betont jedes einzelne wort. das ist einerseits okay. ich mag es nicht, wenn dichter wie schauspieler sprechen. aber ein bisschen äußerlich, ein bisschen fad und zugleich pathetisch ist es doch. wann ist so was aufgenommen? in den 50ern? hab' da so was von Erich Ponto im ohr. das konnte H.H. gehört haben. dass er es genau so macht, wie gesagt, das erwarte ich gar nicht von meinem freund. aber ein bisschen mehr mitlaufendes denken vielleicht.
die zeilenenden: da wird die stimme brüchig. das neuste aus der medizin: grad bei uns betagteren läuft in der nacht, wenn wir liegen, heimlich diese salzsäure aus dem magen die speiseröhre hinauf und attackiert die stimmbänder! steter tropfen höhlt den stein, heißt es dazu bei Wikipedia. ein grund für die altersheiserkeit. ach, wir armen!

*

so schreibt Hermann Hesse über wolken: »… und sie schleichen finster und langsam wie mörder.« das ist doch gut, oder?
hier auf dem blumengeschmückten tisch, an dem ich sitze, mein nachmittagsleben führe, sieht es schon aus wie bei mir zuhause, hefte, stifte, überall hinten drauf

gekritzeltes, jeden tag die neuen, die wertvollen ersten eindrücke, unwiederholbar, glaubt's mir nur! bücher aufgeschlagen auf dem bauch.
seine bibliothek! im obergeschoss, gegenüber von dem sagenumwobenen schreibtisch. ist die echt?
nein, nur einfühlend nachempfunden. sagt frau Marie-Claire Döpfler. sie schenkt mir aber zwei Werthers Echte als ersatz. ich lutsche sie und verschaffe mir einen überblick über das, was er vermutlich so las. vor allem, wer war, wer schrieb zeitgleich? wer war, schrieb kurz davor? wann kam der »Ulysses« raus, wann die »Morgue«-gedichte von Gottfried Benn, wann »The Making Of Americans« von Gertrude Stein … und was, sie lässt nicht locker, begründete seinen erfolg?
und wer ist frau Döpfler? frau Marie-Claire Döpfler ist der schutzengel des museums, jedes museum braucht eine solche Marie-Claire, schutzengel, kobold, gute fee, argusauge, … sie hat ihm, dem museum, ihre ganze wunderbare bibliothek von Bodensee-schriftstellern geschenkt. wenn im automaten das kaffepulver fehlt, rennt sie zum Schlecker und holt ein pfund und füllt das pulver ein, wenn prospekte alle sind von museen und verlagen, ordert sie dortselbst streng telephonisch neue und verteilt sie auf den fensterbänken, und sie hat ein pappkästchen mit goldpapier beklebt und darin sind briefmarken, für briefe und für postkarten, wenn nämlich besucher die postkarte »Stufen« oder eine mit einem der dreitausend aquarelle, die Hermann Hesse gemalt hat, gekauft haben und gleich in den briefkasten beim rathaus stecken wollen.

und immer schaut sie nach, ob neue briefmarken gebraucht werden, und besorgt sie, kein kleines kunststück bei den öffnungszeiten der poststelle im flur vom rathaus.
ob ich mich über sie lustig mache? aber nein! was sie betreibt, ist die andacht zum kleinen, so heißt das bei Rudolf Steiner, der auch mal in meinem leben in einer pädagogischen einrichtung mein oberster dienstherr war. ohne die andacht zum kleinen könnten wir hier gar nicht überleben. der liebe Gott steckt im detail, so kann man es auch ausdrücken. »durch kleinheit gelingen«, sagt wiederum Hermann Hesse im »Glasperlenspiel«. der hat's aus dem »I Ging«.
über Herrmann Hesse weiß Marie-Claire Döpfler alles. gedichte rezitiert sie wie ein profi, sehr schön macht sie das.
sie hat einen hübschen hut auf, aus stoff, immer, auf den sie sich setzt, wenn sie sich setzen muss, er ist dann ihr kissen, und flattert leicht umher wie ein dunkelblaues vögelein, verteilt bonbons und spitze bemerkungen. die bonbons, Werthers Echte, Nimm Zwei, manchmal auch schokoriegel, hat sie plötzlich in der hand und steckt sie einem in die jackentasche wie ein zauberkünstler, blitzgeschwind. keiner würde es merken, wenn's nicht alle wüssten. wenn wir betreuerinnen es an hingabe fehlen lassen, erzählt sie es der frau Dr. Manegold. keiner nimmt es übel, wir wissen, es geschieht in bester absicht um der großen sache willen, der sache, die Hermann Hesse heißt, nein, Hermann-Hesse-Höri-museum, um genau zu sein.

später gehe ich rüber ins museum, ich will einen schoko-cappuccino aus dem automaten trinken, da sehe ich frau Marie-Claire Döpfler – und sie hat mir inzwischen gesteckt, dass sie vierundachtzig ist – auf einem hocker stehen, und der hocker steht auf einem stuhl und sie steht auf zehenspitzen, und sehe sie aus dem obersten fach des bücherschranks ein buch fischen, »Orte« von Marie Luise Kaschnitz. zum glück springt meine kollegin herzu, hält den stuhl diskret fest und sagt, oh, die Kaschnitz, die liebe ich auch so, ich lese jeden abend einen »ort« – und ich fühle mich akrobatisch und literarisch im richtigen klima.

*

Marie-Claires Schrank

Im Hermann-Hesse-Höri-museum der bücherschrank: er wurde erbaut und gestiftet von unserer mitbürgerin Marie-Claire Döpfler. es ist dies eine präsenzbibliothek, man kann die bücher nur hier im museum lesen. aber wie nett sitzt man hier, wenn draußen die letzten blätter fallen und den blick freigeben über die dächer von Gaienhofen auf die Thurgauberge, und man weiß: zwischen hüben und drüben liegt der Untersee. man holt sich aus dem automaten einen schoko-cappuccino und lässt sich an der kasse den schlüssel zum bücherschrank geben, man schließt ihn auf und fängt an zu staunen! Marie-Claire Döpfler hat in jahren und jahrzehnten die bücher der autoren aus dem alemannischen raum zusammengetragen und sie dem museum geschenkt.

es ist eine freude, hier so viele von ihnen versammelt zu sehen:
Armin Ayrens »Reiter im Vorgebirge«, die bücher von Maria Beig, der frau vom land, so gut wie alles von Manfred Bosch, dem sprachmächtigen chronisten der dichtung dieser landschaft; Werner Dürrsons unter schmerzen hervorgebrachten roman und alle seine Gedichte; natürlich Bruno Epple, unser aller Bruno, Zsuzsanna Gahse, die große, Ulrike Längles »Tynner«, Kaschnitz, Kelter, Kinder, drei poetische »K's«; man findet Christoph Meckels bücher genauso wie die von Fritz Mühlenweg, und selbstverständlich ist da Klaus Nonnenmann, unser Gaienhofener vorläufer der postmoderne. da sind Picard, Jacob und Max, Peter Salomon und Walle Sayer, Joseph Victor von Scheffel ebenso wie Arnold Stadler, Walser, Wieland, Wochele … und das ist nur eine, dem alphabet geschuldete stichprobe.

so ungefähr habe ich das mal aufgeschrieben für unser gemeindeblatt, die Höriwoche, als grußadresse zu frau Döpflers geburtstag.
ich wollte auch ein bisschen werbung machen: – es gibt außer Hermann Hesse noch andere dichter, sogar in reichweite!
aber das glaubt mir keiner, so gut wie niemand macht von dem schönen angebot gebrauch.

*

seife ist alle.
frau Dr. Manegold sagt, ich möchte einen zettel schreiben, der der putzfrau frau Steuermann signalisiert, dass in der damentoilette im Hesse-haus die seife fehle. ich schreibe den zettel, ich denke mir ein layout aus, das aufmerksamkeit erweckt.
ich bringe den zettel rüber ins museum, ich soll ihn im kassenbereich auslegen.
ich teile den sachverhalt meiner kollegin mit, es ist mal wieder frau Kiehnle. frau Kiehnle ist nicht einverstanden. sie findet, ich solle die seife selber nachfüllen.
sie bringt mich zu einem schrank, in dem solche dinge aufbewahrt werden. diesen schrank hat mir noch niemand gezeigt. vielleicht wirke ich nicht so, als ob ich freude an schränken mit reinigungsmitteln hätte. alte schlampe.
sie findet ein gefäß mit weißlich bis gelblicher flüssigkeit und drückt es mir in die hand. besucher kommen, sie muss den vorgang abbrechen und zur kasse stürzen.
ich rede schon wie mein Windows-Vista-system.
ich betrachte den behälter für flüssigseife auf der toilette hier im museum, um die analogie zu dem behälter im Hesse-haus zu ermitteln. der behälter ist zwar kaputt, aber man gewinnt eine vorstellung, wie es gehen könnte.
ich will es versuchen, wenn frau Steuermann das kann, kann ich es auch, sage ich mir trotzig, immerhin habe ich einen uni-abschluss und sie bestimmt nur hauptschule. (oh, da muss man vorsichtig sein! ich habe mal mit einer putzfrau zusammen in schloss Hamborn den fußboden

vom eurythmiesaal gewischt und hätte beinahe gesagt: du putzen ecken gründlich, da stellte sich gesprächsweise heraus, dass sie promovierte kulturanthropologin ist. zu recht ist hochmut eine todsünde!)
ich gehe wieder hinüber in die toilette des Hesse-hauses und betrachte den dortigen behälter für flüssigseife in der damentoilette. es wird mir rasch klar, man braucht für diesen behälter einen schlüssel.
ich gehe wieder zu frau Kiehnle, die tatsächlich einen schlüssel findet, der so aussieht, als ob er passen könnte.

*

regen: nicht überfallartig, wie neulich, sondern kontinuierlich. alle kommen mit schirmen, also braucht es einen schirmständer: und wo der ist, weiß ich immer noch nicht, nach jetzt zwei monaten.
ich finde ihn aber hinter der mit dem keil befestigten offenen eingangstüre. sie ist offen, wenn ich mittags komme, und ich mache sie von außen zu, wenn ich abends gehe, wie sollte ich je den schirmständer gesehen haben? die türe ist nicht wirklich alt, aber glaubwürdig, und sie hat eine stimme, die mir abends sagt, ob ich mit dem abschließen alles richtig gemacht habe. es ist ein singender piepton, den man sorgfältig aus dem allgemeinen vogelgezwitscher heraushören muss.
draußen begrüßen sich unter den schirmen die teilnehmer einer führung, sie kennen sich offenbar, ich höre die küsschen bis hier herein. obwohl der regen leise rauscht.

*

ich habe nicht gemerkt, dass die seife fehlt, das liegt daran, dass ich diese seife nie benütze. alle diese trüben, schleimigen flüssigkeiten, zum beispiel auch die ökologische zahncreme von Weleda, die ich im kinderheim den betreuten aus den tuben auf die zahnbürste drücken musste, erinnern mich an sperma. und sperma ist, wie soll ich sagen, nicht so etwas, was man einfach tagtäglich benutzt. ich habe gestern im fernsehen eine sendung über spermaschlucken betrachtet. es war eine sehr präzise exegese über das schwanzlutschen insgesamt. ein metallring wurde gezeigt, der die erektion stabil halten soll, aber man einigte sich dann doch auf etwas elastischeres. welche stellen man mit harter oder weicher zunge berühren sollte, die probleme des deep throat bis zum würgereiz wurden erläutert, das schlucken, sogar das entsagungsvolle dabei, wurde angesprochen. es war ein sehr sachliches gespräch unter frauen, ich habe es noch mithilfe von Wikipedia vertieft, dort wird in allen molekularen einzelheiten erklärt, WAS man da schluckt, klingt zum teil recht gesund, aber trotzdem, stellt's euch vor: das frische ejakulat eines gesunden mannes ist gel-artig, milchig trüb, leicht glänzend und mit glasigen klebrigen fäden durchsetzt. es riecht nach pilzen. nach längerer enthaltsamkeit kann es auch gelblich wirken. guten appetit. meine haltung schwebt zwischen ekel und entzücken. meine abneigung gegen seifenartige flüssigkeiten hat sich im zuge dieser erörterung nicht verringert. sperma ist eine substanz für besondere anlässe, nicht für den alltag.

*

fast halb fünf, die sonne sinkt hernieder und die Hermann-Hesse-linde siebt flecken von licht auf St. Mauritius. eigentlich kennt man solche lichtflecken 2009 ja mehr aus der malerei als aus der wirklichkeit. z.b., wenn man im Hermann-Hesse-haus sitzt und die bilder von Cuno Amiet sieben stunden lang vor augen hat. stunden im museum sind lang, glaubt es mir.
du musst doch nicht.
doch, ich muss. wenn ich einmal ja gesagt habe, muss ich. das wird immer unterschätzt, das gewissen.

*

ich bin jetzt entschlossen, diese milchige seife zum ejakulieren zu bringen.
so, ich habe mit hilfe des schlüssels den behälter geöffnet. ich entnehme die leere flasche, und setze die neue analog zur vorgängerin auf einen emporragenden kleinen ständer mit hohlraum. ich verschließe den behälter. ich mache den test. nichts geschieht.
ich öffne den behälter. die flasche ist von unten dicht. eine kleine schicht aus plastik verschließt die öffnung. ich wiederhole den vorgang. ich stoße das von einem quasi-jungfernhäutchen bedeckte fötzchen der flasche energisch auf den stabilen kleinen penis aus kunststoff.

zu energisch.
alles bricht zusammen, beziehungsweise auseinander.
alle teile zerstreuen sich im waschbecken, eine rostige spirale fällt auf den boden und verhöhnt meine sexual-metaphorik. (spirale, ihr frauen versteht mich. ich musste mal ins krankenhaus, weil meine spirale abgegangen war und auf wanderschaft und in stundenlanger wühlarbeit aus mir herausgefischt wurde, wobei ich zum glück in narkose war.)
ich gebe auf.

*

ich gehe zu frau Kiehnle. sie hört sich die geschichte an und sagt: so so, ich dachte, Sie wären so praktisch. ich komme aus einer familie mit sechs kindern, da hat man so was gelernt. jahrgang 1950, da musste man noch ran.
ich rufe den hausmeister an.
er will kommen.
frau Kiehnle sagt, mit hausmeistern muss man sich gut stellen.
ich kaufe eine vater-und-sohn-postkarte, vater und sohn auf einem galoppierenden pferd, und schreibe eine widmung an den hausmeister drauf.
das würde ich noch nicht machen, es ist nicht sicher, dass er heute noch kommt.
na ja, denke ich, die botschaft wird ja nicht welk über nacht wie unsere sträuße leider.
und siehe da, er kommt wirklich mit zwei werkzeugtaschen.

er hat schon länger neue seifenspender bestellt und auch erhalten, ist nur noch nicht dazugekommen.
jetzt kommt er dazu.
bohrgeräusche aus der damentoilette. oh je, was wird das jetzt wieder für ein patent?
ich schaue ihm zu.
frau Dr. Manegold kommt. sie hält eine cd in der hand (auf der Hermann Hesse, wie beschrieben, »Im Nebel« spricht), um die von mir gestern als defekt reklamierte zu ersetzen (mein Gott, macht diese frau eigentlich alles kaputt?), sie betrachtet die aktion. ich sage charmant: Sie haben eine lawine losgetreten!, und berichte.
sie lächelt am ende, aber ich denke, täusche dich nicht, Felicitas, du bist der nagel zu ihrem sarg, das rote tuch, der stete tropfen, der erst den stein höhlt und dann das fass zum überlaufen bringt.
oh oh! solche leute entfernt man aus seiner nähe, so schnell man kann! sieh dich vor!

*

ich behaupte, Hermann Hesses schreibtisch ist zwei meter breit. ich habe ihn mit den händen gemessen. also, die handrücken aneinander gelegt.
handbreit heißt dieses maß, das es schon seit der antike gibt. meine hände ohne daumen sind 12,5 zentimeter breit. sie gehen 16 mal in die kante von Hermann Hesses schreibtisch. 16 mal 12,5 sind genau zwei meter. ich habe aber heute ein lineal dabei, ich messe, Hermann Hesses schreibtisch ist 2,26 meter breit. wo liegt der

fehler? ich habe meine hände an der falschen stelle gemessen. ich muss sie über den knöcheln messen. dann kommt's hin. es ist wichtig, das richtig zu machen, weil man oft was messen muss und hat dann nur die arme (elle) und die hände (handbreit) dabei und dann ist es gut, wenn man die maße kennt.
eine familie ist anwesend, wo ein familienmitglied die großnichte von Hermann Hesse ist. sie erzählt, dass sie mit Eva (Hesse) in Indien war. Eva Hesse ist die enkelin von Hermann Hesse. es gab dort einen indisch-europäischen abend mit deutschen flöten und indischem tanz (und vermutlich Hesse-texten). ich sage, dass Hesse ja meines wissens nicht bis Indien gekommen ist. wie sie betreten gucken, sage ich, dass Oskar Wilde gesagt hat, »in this world there are only two tragedies. one is NOT getting what one wants, and the other is getting it. the last is much the worst.« dass es im Leben also nur zwei tragödien gibt, sage ich dann höflich auf deutsch, nämlich, sein brennendster wunsch wird einem NICHT erfüllt, oder er WIRD einem erfüllt. und davon ist die zweite tragödie die bei weitem schlimmere. so etwa.
was man so daherschwätzt … sie sind aber getröstet. bildung heilt.

*

heute besuche ich das zweite Hesse-haus. in meiner freizeit. am sonntag.
habt ihr neulich diese frau gesehen? im WDR-fernsehen? diese frau auf dem sofa, diese frau mit der dun-

kelumrandeten brille? üppig wie auf einem bild von Botero? mit dieser dreckigen, tiefen lache direkt aus dem uterus?
sie sagt, dass sie aus leidenschaft professionellen telephonsex betreibt.
hier, von diesem sofa aus. sie sagt zu dem mann, der an der reihe ist, geh doch bitte in die küche und reiß dir ein stück alufolie ab. wenn du ejakulierst, dann bitte auf die alufolie, ich möchte es hören, wenn du kommst.
die anderen professionellen telephonsex betreiberinnen lackieren sich die fußnägel oder schälen kartoffeln während ihrer verbalen tätigkeit.
sie nicht. sie konzentriert sich voll und ganz. sie will den von ihr hervorgebrachten höhepunkt wahrnehmen, gleichsam begutachten: habe ich es richtig gemacht? das ist hingabe an den beruf. dieses stückchen alufolie ist das surplus an engagement, das zeichen für wirkliche liebe zum job.
dieses surplus an engagement schaue ich mir ab, deshalb bin ich heute hier, deshalb fülle ich in meiner freizeit noch weiteres wissen über Hermann Hesse in mich hinein.
es wird eine führung geben, Mia Hesse ist das thema.
im gewächshaus, wo wir platz nehmen, stehen in kübeln tomaten, grüne tomaten im grünen laub vom boden bis an die decke. meiner nachbarin hängt eine grüne gurke auf den kopf. ein kaktus namens goethepflanze mit grünen rüschen um die grünen blätter zeigt, wie verspielt auch schon die urpflanze war. nicht weit davor Hesses birnbaum, immer noch Hesses birnbaum, seine blüten

duften süß, steht darunter geschrieben, und schmetterlinge und igel essen im spätsommer die mostbirnen und eine eule wohnt auf ihm. im radio erzählten sie heute von einem betrunkenen elch, der sich mit dem geweih in einem apfelbaum verfangen hatte, weil er gegorene äpfel vom boden gegessen hatte. die feuerwehr hat ihn befreit und wollte ihn in den wald zurückjagen, aber er legte sich unter dem apfelbaum nieder und schlief seinen rausch aus.

le jardin sous la pluie. überall gefäße, um jenen aufzufangen, er ist kostbar in diesem sommer, zwar war der juli nass, aber davor war es so trocken, dass man zwar eine feuchte schicht oben hat, sagt Eva Eberwein, aber darunter ist die erde knochenhart, es dauert, sagt sie, bis der regen die erde wieder gesättigt hat. gesättigt schreibe ich auf. das wort gefällt mir. dieses wort in diesem zusammmenhang. ich schreibe es vorsichtig auf, ich will nicht als werkspion erwischt werden. schließlich arbeite ich bei der konkurrenz.

dahlien. diese papiergeschäft-dahlien, diese kastrierten fröbelsterne, ich werde nie wieder in meinem leben eine bastelschere in die hand nehmen, bastelkleb und transparentpapier. nie wieder. sagt die lebenslängliche sozial-pädagogin.

in der mitte vom gartenhaus steht auf einer staffelei ein photo von Mia mit Bruno? Heiner? Martin?

Bruno ist es, sagt Eva Eberwein, das kind aus der guten zeit. Heiner war dann schon der schwierige, weil die zeiten schwieriger waren, und Martin trug die krankheit des zusammenbruchs in sich und trug sie aus. ich habe heute vor, alles richtig zu finden und es regt sich kein widerspruch in mir. warum sollte es nicht so sein, so ursache–wirkung–mäßig? vielleicht sind wir alle doch viel einfacher gestrickt, als man uns vormacht.

*

das gartenhaus ist ganz aus glas und wir alle schauen hinaus in den tränenreichen garten.
»ich halte allabendlich einen entzückenden, kleinen, schwarzen, wilden schatz im arm, meine ganze freizeit gehört dem kleinen mädchen, das mir nur bis an den bart reicht und so gewaltsam küssen kann, dass ich fast ersticke. heirat usw. ist natürlich ausgeschlossen.« aber dann: dem alten (Mias vater) werd ich's zeigen. und heiratete sie doch, oder ließ sich heiraten, Hesse ließ sich immer heiraten, meint Eva, und schrieb den »Camenzind« und schon konnte Mia das haus in Gaienhofen mieten und ihm die alternativen: wg in München, oder die Schwäbische Alb, aufs behutsamste ausreden, weil sie im sommer mindestens einen bach braucht zum baden, und den bekam sie dann auch, einen großen. und, schlau, damit doch noch ein fluchtweg offen blieb, über den see in die Schweiz, den männern ist nicht zu trauen, dichter hin oder her. das sag' ich jetzt, weil ich das so kenne mit dem fluchtweg, mein ganzes leben lang.

*

was der Hermann Hesse so essen wollte! orangen, zitronen, feigen, grahambrot, und zwar durfte man daran nicht sparen, es musste das beste sein, und wir stellen uns gemeinsam vor, wie die Mia die drei kinder nahm und zum steg runter ging und nach Steckborn übersetzte mit leiterwagen und körben und taschen und mit der Mittelthurgaubahn nach Konstanz fuhr und einen tag lang einkaufte und abends zurückfuhr, und einer musste kommen und helfen, all die sachen zum haus hochzutransportieren. und dann müssen die kinder gefüttert werden und ins bett, und bestimmt nicht ohne lied und geschichte, und dann musste alles ausgepackt und verstaut werden, und ich weiß ja, wie der kühlschrank meiner urgroßmutter aussah, eine neo-barocke holzkommode, in die eiswürfel gestellt wurden.
ich erfahr's heute zum ersten mal, die photosession mit Gret Widman, die auch das XL-Bildnis im eingangsbereich des ersten Hesse-hauses zum ergebnis hatte, meinen »nachbarn«, erbrachte die offiziellen photos des meisters, und nicht Mia durfte sie aufnehmen. einige porträtphotos, die sie gestaltet hat, hängen in ihrem schönen zimmer mit dem jugendstil-fensterbogen, sie sind gut, aber für den chef wohl zu sehr genrebildhaft. und Eva meint, es war für Mia ein großer schmerz. vorstellen könnte man sich's, aber wie war die lage 1911? wenn's im bett nur noch im skiurlaub geht, werden auch photosessions unerträglich.

*

frau Kiehnle hat den strauß aller sträuße gestaltet. er steht vor der tür vom Hesse-haus in einer riesigen vase. er ist so groß wie ein schulkind. sonnenblumen in verschiedenen größen arrangiert zur skulptur.
es war gut, dass ich den strauß gleich gesehen habe und schleimen konnte. sie hatte auch, ich sagte es schon, den buchsbaum kugelig geschnitten und den ganzen außenbereich gefegt und den strauß gemacht und ihr rücken tut weh. ich darf mich kurz an die kasse setzen, während sie rückenschule macht. ich darf mich dreimal blamieren. dann vollzieht sie seufzend den stabwechsel.
ich beobachte neidisch, wie frau Kiehnle mit einer führung fertig wird, zwanzig leuten das jeweils angemessene, kurgast, behindert, schwerbehindert mit begleitung, student(in), schüler(in), wehr- und ersatzdienstleistender, personen mit sozialpass-ticket, Bodensee-erlebniskarte, verkauft und plaudert und scherzt, als sei das keine schwerstarbeit. und dann kommt die führung nach der führung wieder in den kassenbereich und kauft Hesse-bücher und frau Kiehnle findet mühelos »Hesse für Gestresste« im computer oder »Wege nach innen« oder plakate mit Hesse-malerei aus Montagnola oder plakate mit Hesse, rauchend, von Andy Warhol pop-artmäßig gestaltet. verpackt dieselben sachgerecht, schenkt ihnen noch das lesezeichen, das aus einem ausgeschnittenen Hermann Hesse aus dünner pappe besteht. und macht die menschen glücklich.
ich weiß, ich werde das lernen müssen, aber wie, wenn man mich nicht lässt?

zurück ins Hesse-haus. amor fati, etwas, das wir alle ständig üben müssen.
die sorge um die blumen hat sie mir inzwischen völlig abgenommen, wenn sie dienst hat, ich finde sie vor, meistens spektakulär, ich komm nicht mehr in den garten, ich habe da nichts zu tun und keinen einfluss mehr auf die nicht vergehende zeit.

*

da ist die tür, da ist der keil, der die tür offen hält, da ist die zarge, die die tür umgibt, da ist gegenüber die tür, die in die St. Mauritius-kapelle führt, die tür ist jetzt gleichfalls offen, mein auge hat den weg frei zum Göttlichen.
dazwischen scheint die helle sonne. ich sehe aber nicht die sonne, nur ihren schein auf der weißen kirchenwand, auf den pflanzen und den scharfen schatten der linde. da sind die stimmen der besucher, das geht mich was an.
jetzt treten die besucher ein. sie tragen rucksäcke, was nicht heißen muss, dass sie von einer bergwanderung kommen. häufig tragen sie darin nur eine 1,5-literflasche Volvic mit sich herum.
das weiß ich, weil sie sie aus dem rucksack nehmen und etwas trinken müssen, bevor sie die ausstellung besuchen. und hinterher auch wieder. es erinnert ein bisschen an das füllen des tanks nach einer längeren autofahrt. die rucksäcke müssen sie bei mir ablegen. ich sage charmant, dass ich dieselben nicht aus den augen lassen werde. sie

werden sie so vorfinden, wie sie sie verlassen haben. ich will nicht an ihrem tod durch verdursten schuld sein. sage ich nicht.
ich lasse mir von weitem die tickets zeigen und halte mein buch so, dass sie den titel sehen können. »Knulp« von Hermann Hesse.
»Knulp« ist ganz nett. ich mag nur nicht die künstliche altertümlichkeit der sprache. gut, hat Mörike im Hutzelmännlein auch gemacht, aber besser.
das thema ist Hermann Hesse, der vagabund.
ich erfahre von frau Blumenbach, die wunderbare, anekdotenreiche Hesse-führungen bei uns macht, dass H.H. eines abends zu fuß aufbrach, um der häuslichen enge zu entkommen und auf wanderschaft zu gehen, weit fort, wenigstens nach amerika, um nie mehr heimzukehren. er traf einen zechbruder aus dem nachbarort und sie kamen über Gundholzen nach Iznang, von uns aus gesehen also das über-übernächste dorf. dort begaben sie sich ins gasthaus Adler und leerten einen schoppen auf die daheimgebliebenen. und dann noch einen schoppen und noch einen. es wurde lustig, es wurde spät und schließlich ließ sich H.H. eine postkarte bringen und schrieb nach Gaienhofen an seine frau: »auf meiner reise durch die europäischen kulturländer bin ich hier gelandet und schicke dir diesen gruß. leb wohl!«
gegen morgen machte er sich auf den heimweg und als er später wieder ausgeschlafen am schreibtisch saß, kam der briefträger und brachte seiner frau die postkarte. diese heitere geschichte soll die vagabundenseele von

H.H. zeigen. ich kenne eine zweite postkartengeschichte, die zeigt sie noch besser. Mias mutter ist in Basel schwer an krebs erkrankt, Mia wird von einem kind entbunden, Mia hat zwei weitere kleine kinder zu versorgen, haus und riesengarten, es ist erntezeit, Mia muss zum sterbebett der mutter – H.H. fährt nach indien und schickt aus Genua ebenfalls eine postkarte (an Reinhold Geheeb): »still verlass ich dieses hafens becken, nun kann Europa mich am …«

*

immer wenn ich was kritisches über ihn oder seine bücher denke, folgt er mir mit den augen, wo ich stehe, wohin ich gehe. raus vor die tür in die sonne, wenn's mir zu kalt wird, zurück zum platz zu »Knulp«, faut de mieux, – ich überlege mir, dass mir Knulp doch nicht gefällt und zwar als charakter, er schnorrt sich durch, lässt sich füttern mit leberwurst und leberspätzle und most und milchkaffee, lässt sich pflegen und bewundern und schläft dann hochnäsig nicht einmal mit der gerbersfrau, die das doch so gerne will, da ist er sich dann zu schade und ist noch stolz darauf – durch die tür zu den vitrinen, um die fingerabdrücke … und wieder zurück, dann schau ich ihm grad in die augen. na ja, von unten nach oben, und sage, he, kollege, du darfst auch über mich und meine texte motzen. aber er schweigt höhnisch und denkt: was will die denn, ich habe den Nobelpreis für literatur, die ist es doch nicht wert zu lösen die riemen an meinen schuhen.

*

am ende von »Knulp« redet Knulp mit dem lieben Gott und das ist ein sehr bezauberndes gespräch. man denkt ein bisschen an Tolstoi, aber man denkt ja gerne an Tolstoi. und es bleibt schon genug platz, auch an Hermann Hesse zu denken.

*

heute ist hochzeit am schreibtisch von Hermann Hesse, also, der akt der vermählung, dessen bürokratischer anteil, wird an Hesses schreibtisch vollzogen. es ist dies ein schon mehrere jahre währender brauch, der mir entgangen ist. herr Geble, der hausmeister, bestuhlt. ich soll darauf achten, dass stühle und blumengebinde anschließend wieder abgeräumt werden und dass vor der tür kein reis gestreut wird oder sonst ein ritueller unsinn stattfindet. jetzt formiert sich das spalier für das brautpaar. ich schleiche hinterher und horche an der geschlossenen tür.
ah, der standesbeamte spricht »Stufen«. es sei dieses gedicht an diesem schreibtisch geschrieben. na ja, vielleicht ins reine, murmele ich, gedichte denkt man sich nicht am schreibtisch aus. an dem schreibtisch, der Hesse länger begleitet hat als jede seiner drei frauen. sagt der standesbeamte. während der »jas« fällt was runter. aber wir geben hier nichts auf omens, omina, ominibus, falls da ablativ kommt.

die dichterin Monika Taubitz kommt mit einer anderen künstlerin und ich freue mich über bekannte gesichter. wir sprechen über Hermann Hesses gemütslage. er schaut mich streng an, aber ich schweige nicht. ich nenne ihn erfolgsverwöhnt, narzisstisch, manisch-depressiv, suizidgefährdet. eine zeitlang, sage ich, hat er in beinahe jedem seiner briefe, und ihr wisst ja, er schrieb viele, seinen bevorstehenden selbstmord angekündigt.
ja, ja, Felicitas, du bist die Hesse-expertin. sei vorsichtig, mit dem, was du sagst, du bist bald wieder mit ihm allein!
jetzt kommen sie mit den geputzten schuhen, die photoapparate im anschlag, aus dem trauzimmer.
»mei nachbar isch vom baum gfalle und hat e gehirnerschütterung und hat's am schteißbein.«, ist der soundtrack dazu.
die hochzeitsgäste werden photographiert und verlassen das haus. hier passiert manchmal lange nichts und dann alles zugleich.

*

so, muss einspringen. bekomme die tür nicht auf. weil der hausmeister, herr Geble, vorher schon drin war, blumen gießen. genau genommen bekomme ich die tür nicht auf, weil sie schon auf ist. bisschen einfach gestrickt, die frau, die hier schreibt.
wie ich's dann schaffe und das haus betrete, schreit etwas, es ist die schwelle oder ein bodenbrett gleich dahinter. es schreit wie ein junges gespenst.

eine führung ist angekündigt, da kommt sie schon und sammelt sich unter der linde.
ich habe schnell die klos geputzt und die papierkörbe ausgeleert, die fingerabdrücke weggewischt, zweimal brauchte ich spucke. die habe ich aber mit meinem ärmel weggewischt, nicht mit dem allgemeinen antistatischen staubtuch, das ich inzwischen verwende. trotzdem, bitte nicht weitersagen. so, schnell ein bissen einback vom Leins, hab' noch einen leeren magen, nicht, dass mir schlecht wird.
mein sohn hat heute nacht über den durst getrunken und mich sehr beim skat beschimpft. ich bin mit dem ersten buben rausgekommen, obwohl sara spielte und zwar grand. ich hab's aber gut gerettet, wir haben gewonnen. bin dann schnell ins bett und lange wach geblieben, hab mir sorgen gemacht wegen rauchen und alkohol und ADHS. auf diese diagnose haben wir uns jetzt geeinigt. wir haben symptome dieser art alle drei. Ich hab eine anthroposophisch gefärbte einschätzung ausgedruckt, sternenkinder, indigokinder, sendboten des kosmischen, tolle kinder, aber anstrengend.
hab dann mal Hermann Hesse ADHS bei Google eingegeben.
oh, da gibt's allerhand!
herr Dr. Detmar Roloff sagt und schreibt in der zeitschrift des berufsverbandes der kinder-und jugendärzte 2002:
»Hermann Hesses leben ist die am deutlichsten, eindringlichsten und sprachlich aufregendsten dargestellte krankengeschichte, die mir über das bild des aufmerk-

samkeitsdefizitsyndroms mit hyperaktivität: ADSH bekannt ist.«
Dr. Roloff benutzt das tagebuch von Hesses mutter und analysiert es im einzelnen folgendermaßen:

Februar 1879, die Mutter: »Kaum konnte ich wieder auf sein und ausgehen, so brach mein kleiner Hermann … sein rechtes Ärmlein, ohne Fall, bloß durch ungeschickte, gewaltsame Bewegung«

Dr. Roloff: es war vermutlich eine Luxation Chassaignac; Hermann suchte sich von der Hand des Dienstmädchens loszureißen.

Weiter die Mutter: »Sechs Wochen lang mußte er ihn im Wasserglasverband haben. Gottlob, es ging sehr gut vorüber, doch war es eine schwere Zeit und harte Schule, den unglaublich lebhaften und verwegenen Jungen zu hüten.«

Juni 1879, die Mutter: »Hermann springt in den Springbrunnen im Georgenäum.«

August 1880, die Mutter: »Hermann steckt einen eisernen Nagel in den Mund. … Hermännle ist unbeschreiblich lebhaft und intelligent, dabei leidet er an großer Heftigkeit.«

… 1881, Basel. Die Mutter: »Ein Berg von Kieselsteinen hinter unserem Garten ist jetzt sein besonderes Gebiet, wo er sich austobt. Sehr drollig rief er gestern abend strahlend vor Glück: ›So, jetzt weiß ich doch, was ich bin. Ich bin euer Bisamochs!‹ Und dann wütete er toll herum. ... Es ist ein merkwürdiges Schaffen und Kämpfen in dem Buben. Vorgestern mußte ich zweimal im Lauf des Tages auf seine Bitte hin extra mit ihm beten, daß der Heiland ihn doch ›arg lieb‹ mache.«

Dr. Roloff sagt dazu, dass es sich um motorische und geistige Hyperaktivität handele, hebt den Einfallsreichtum hervor, aber auch die hohe Ambivalenz der Eigenschaften, extrem zum Guten und Bösen. In diesem Alter wird das Verhalten fast regelmäßig als »natürlicher Aktivitätsdrang mit hoher Originalität FEHLinterpretiert.« (Hervh. von mir, F.A.).

1881, Basel. Die Mutter: »Bete du mit mir für mein Hermännle, und bete für mich, daß ich die Kraft bekomme, ihn zu erziehen.
Hermännle klettert verwegen auf Trippel, Bänkchen und Tischchen herum und gibt den Engelein Arbeit, ihn zu hüten, denn mir ist er zu flink und mächtig.«

Dr. Roloff: Unruhe, Quirligkeit und Bewegungsdrang seien oft angeboren und würden meist schon im Kindergarten auffallen. (Hermann Hesse im kindergarten? da muss ich lachen. aber möglich wär's schon, es GAB den kindergarten, meine fürstin Pauline aus Detmold, meiner anderen heimat, hatte ihn zu beginn des jahrhunderts erfunden.)
und, sagt Dr. Roloff, viele Mütter berichten sogar von einer schon intrauterin vorhandenen Unruhe. (frau Hesse aber, glaube ich, nicht. ich kann mir nicht

vorstellen, dass sie wusste, dass sie einen uterus hat. das war alles eine fromme leerstelle.)

April 1881, die Mutter: »Hermann geht in die Kinderschule, sein heftiges Temperament macht uns viel Not. Dabei ist er so drollig und oft so zart und lieb, er liegt mir sehr am Herzen. ... kommt er auf Lumpereien, und dann kommen Klagen von oben und unten und rechts und links: ›Hermann hat mein Kind gestoßen! – Hermann hat eine Scheibe eingeworfen! Hermann wirft die Nachbarskinder mit Steinen! Hermann springt ganz weit fort‹ und dergleichen. Wenn ich nur jemand draußen den Namen Hermann nennen höre, ist mir's schon angst, was wieder los sei. Ja, er ist ganz furchtbar lebhaft, rasch, umtriebig und folgt leider nicht. Dann kann er wieder so rührend nett und lieb sein ...«

Dr. Roloff: Schon im Vorschulalter beginnende Probleme mit dem sozialen Umfeld. Zunehmende Hilflosigkeit der Erziehungspersonen, fehlende Strategien gegenüber unkalkulierbarem Verhalten. Eines der wichtigsten Unterscheidungsmerkmale zum unruhigen Kind: Die motorischen, verbalen, emotionalen Ausbrüche sind für Außenstehende kaum nachvollziehbar, kommen scheinbar aus dem Nichts.

demnach, was wäre aus Hermann Hesse, aus dem Suhrkamp Verlag und aus uns hier im museum geworden, wenn der Dr. Detmar Roloff dem Hermännle RITALIN gegeben hätte, hätte geben können?

ich beschließe, ADHS bei meinem sohn als qué será será hinzunehmen. vielleicht schreibt er auch mal einen »Camenzind«, dann sind wir alle aus dem schneider. übrigens, der sound der mutter gefällt mir! sie hat seine gedichte nicht gemocht, alle sagen wegen der erotik. und wenn's die ästhetik war? ich weiß, gleich krieg' ich schläge. ich bin schließlich im ashram hier.

*

Amiet ist weg, wie fehlen mir seine farben!
ich habe im museumsgarten eine eichel seziert. sie steckte in einer kleine grünen pfeife. es gibt hier keine eichen. wie kam sie hierher? hat ein eichelhäher sie im flug verloren? sie ist umhüllt von einer schale, die mehr wie eine beschichtung ist, wie furnier. wenn man sie auseinander bricht, sieht's wie gealterte klaviertasten aus, gelblich, aber in diesem fall appetitlich. ich denke, wenn die eichhörnchen und die wildschweine und, das weiß ich, wie gewöhnlich, aus dem radio, Arno und Alice Schmidt im wald von Cordingen samt pilzen und beeren, weil sie so hunger hatten, eicheln essen, dann … und beiße ein stückchen ab. aber es schmeckt nicht. sie sind nur hübsch und vermutlich nahrhaft. der nachgeschmack ist bitter und als ob's gift wär', und ich spucke auf der herrentoilette alles aus, weil die damentoilette besetzt ist, und gehe rüber ins museum, wo Marie-Claire Döpfler sitzt und für mich Amicelli hat. das vertreibt den eichel-geschmack. wobei ich jetzt nichts zweideutiges denke. schau' trotzdem kurz mal bei

Wikipedia rein und erfahre, dass nicht nur die spitze des penis eichel genannt wird, sondern auch die spitze der klitoris. es ist seltsam mit dem wissenszuwachs, er ist so zufällig. Marie-Claire und ich werden beim schlemmen (schoko-cappuccino) erwischt und verkrümeln uns wie die schulmädchen.

*

frau Hangarter sagt drohend: ich muss etwas mit Ihnen besprechen.
ich: ja?
frau Hangarter: ich habe einen fehler gemacht.
so fängt sie immer an. nimmt einem den wind aus den segeln.
ich habe vergessen, Ihnen das zu sagen: ich habe sie für den rest august gestrichen. da kommt die Vroni und die will ganze tage arbeiten, nicht nur halbe. ich hab ihr Ihre nachmittage dazu gegeben. sie ist eine junge studentin, sie braucht das geld.
soll dir doch die zunge abfallen, sage ich ohne ton. weißt du, was du da sagst? das ist altersdiskriminierung plus diebstahl, glaubst du, ich brauch' das geld nicht? okay, die Vroni ist die tochter des ehemaligen bürgermeisters, und der hat das museum erst gegründet und ist dann weggestorben von sechs oder sieben kindern an einer form von Alzheimer und die mutter regelt die gesamte katholische nachbarschaftshilfe in der region, ich glaube bis nach Freiburg, und die kinder studieren allesamt oder mehrheitlich medizin und sind extrem ehrenwert.

trotzdem ist es eine sauerei, was du da mit mir machst. laut sage ich: ja, na gut, vielleicht können wir meine termine im september nachholen? sie ist erstaunt. denkt sie, es ist mein hobby?
dann sag' ich noch zu frau Kiehnle, später:
ich seh' Sie dann nicht mehr im august, man hat mich gefeuert.
wie, sagt sie.
ich sag', ja, kleiner spaß, die Vroni kommt an meiner statt.
oh, wie herrlich, sagt frau Kiehnle. die Vroni! die mag ich ganz arg. und dann kann sie hier im museum an der kasse arbeiten und ich kann rüber ins Hesse-haus und endlich auch mal einen ruhigen nachmittag haben mit lesen und so.
du hinterlistiges miststück, denke ich, wie oft hab ich dir die stühle und den tisch raus- und reingeschleppt, die fenster kontrolliert und mich blamiert beim abschließen, klopapier aus dem keller geholt und deine versifften klos bestückt, wie oft hab ich dich gebeten, mir alles zu erklären und beizubringen, damit ich dich entlasten kann, wie oft hab ich erzblöde konversation gemacht ... ich gehe auf die toilette und schaue in den spiegel. man sieht nichts. aber ich bin verletzt. ICH. nach jahrzehnten lohnarbeit. frau, du sitzt hier bequem und liest einen Hesse-schmöker nach dem anderen und plauderst nett mit den besuchern und schreibst deine eindrücke auf und bringst ein paar fingerabdrücke zum verschwinden. du hast vergessen, dass lohnarbeit leiden ist. gekränkt, gemobbt, verleumdet, verspottet, ausge-

nützt und schlecht bezahlt werden, das ist lohnarbeit. geh' halt nach hause, du musst ja nicht!

*

der winter ist vergangen, die neue saison ist da, märzlicht herz bricht, und nach hause gegangen bin ich nicht, sondern wieder da, ganz jung und frisch, es ist grad mal wieder ein jahrsiebt vorbei und alle meine zellen sind erneuert, auf geht's!
neue tüten! nicht mehr aus plastik, oh nein, aus nougatbraunem ökopapier und mit H.H. weichgezeichnet eingewirkt, lesend und mit zigarre, hier hinein werden nun die verkauften bücher gepackt, nur immer noch nicht von mir ... riesenstrauß verwelkter blumen auf meinem arbeitsplatz. ich trage die vase vor die tür, ebenso die andere, die grüne vase, die dauernachbarin vom gästebuch. das küchenmesser in der schublade hat überwintert. ich nehme die sträuße aus den vasen und lege sie aufs kopfsteinpflaster, kippe das blumenwasser in den lavendel, hole neues wasser auf dem klo, wie immer schreck, weil er da immer noch steht und auf mich herabblickt und mir folgt mit dem blick und zwar den ganzen weg lang durch den raum, das ist so eine bestimmte körper- und kopfhaltung, mit der das funktioniert, schon bei den barocken deckenmalern, vermutlich schon in der antike. und immer noch bedrohlich, denn da ist keine stelle, die dich nicht sieht. das gab's schon immer, vor 1984 und danach erst recht, wie Google Street View weiß. Hermann,

hast du eigentlich einen spitznamen? mal bei Ninon gucken. ach ja, Vogel. und er sagt Keuper zu ihr. über die qualität dieser liebesbeziehung muss ich mich auch noch informieren. Keuper! das verheißt nichts gutes. er empfand sie als gesteinsart. und was für ein klang! Keuper! fies! das kommt davon, wenn im zeichen das gewicht zu stark auf dem signifikat lastet. und wenn man für die sirene des sigifikanten, so prächtig drückt das Roland Barthes aus, einfach die ohrstöpsel nicht herausnimmt. Mia sagt schatz.
jetzt noch die grüne vase mit wasser gefüllt und seinem blick erst mal ausgewichen. dann mit dem küchenmesser in den garten und den ersten strauß gestaltet.
überraschung: die narzissen blühen, weiße, gelbe! ich nehme zwei rote christrosen mit langen stielen. bordeauxrot, nein, heller: württembergerrot. ich kombiniere sie mit einer weißen narzisse, und stelle sie in die grüne vase, das ist so schön, dass ich das ganze zu mir auf den tisch stelle und minutenlang anstarre. einige besucher treffen ein, die ich durch meine blumengitter und im gegenlicht scherenschnittartig wahrnehme. die geäderten blätter der roten christrose, diese kapillaren, die eigentlich das rot erzeugen, dazwischen kleine flächen gelbbraun wie menschenhaut, gruselig schön!
die besucher reden über das thema häusersanieren. ich werde in das gespräch einbezogen und sage: wer will denn fenster, an denen keine eisblumen blühen.
eine besucherin vergleicht den see in der sonne mit diamantsplittern. ich schlage vor, ihn mit einem fernsehbildschirm ohne programm zu vergleichen. ist beides

nicht hilfreich, wenn man es sich nur vorstellen soll. zum glück haben's die meisten leute schon mal gesehen. für die blinden, sage ich, könnte man den tatbestand mit einer musik veranschaulichen, einem pizzicato auf der geige, ziemlich wild, Paganini wäre geeignet. sie schaut mich seltsam an, stimmt aber zu. vielleicht hat sie angst, dass ich sie sonst beiße.

*

wenn keine besucher im haus sind, schließe ich die tür zu meinem bereich und gehe ins museum rüber, in das stockwerk mit den devotionalien, um klüger zu werden. es gibt eine ganze etage mit Hesse-devotionalien. Hesses malkasten! wie diese verschmierten quadrate reden können! teilweise erkennt man die urfarbe gar nicht. Hermann Hesse schaut, Hermann Hesse befeuchtet den pinsel, Hermann Hesse drückt den pinsel in die farbe und gleich noch in eine andere, Hermann Hesse entscheidet sich für einen malvorgang und der muss gelingen, beim aquarell gibt's kein verbessern. der malkasten fährt mir ins gemüt, der malkasten ist fast so stark wie schrift. seine schöne hochbeinige schreibmaschine dagegen lässt mich kalt. sie hat 420 mark gekostet, vermutlich goldmark, sie hat getrennt großbuchstaben und kleinbuchstaben auf den tasten und schreibt kursiv und in drei farben, schwarz, rot, blau, und Hermann Hesse sagt nett, sie sei würdig und rührend wie eine alte lokomotive. aber sie wühlt mich nicht auf. die lesebrille daneben – na ja, so dazwischen. sie

hat ihn berührt, da wo das dritte auge sitzt. aber ist das wirklich eine interessante körperstelle?
wärst du bis Indien gekommen, Hermann, hättest du's vielleicht herausgefunden.
und jetzt genug von der murmelnden zeichensprache. was bedeutet mir sein schreibtisch? DER schreibtisch? zu pathetisch, zu prahlerisch, zu weltläufig, wo der schon alles war. aber Volker Michels, für den Hesse lebensbegleitend ist, hat einen netten text geschrieben, ich finde ihn in einem der ordner ... da erzählt der schreibtisch selbst seine eigene geschichte und die von Hesse gleich mit, wie nämlich der junge Hesse in München war, und der Volker Michels macht ordentlich name-dropping, Samuel Fischer, Ricarda Huch, Otto Julius Bierbaum, Thomas Mann lernt der Hermann da kennen und trifft den Hermann Haas und der ist unter anderem auch tischler und fertigt dem Hermann Hesse den schreibtisch an, exakt nach dessen zeichnung und Hesses körpergröße von 1 Meter 73 genau angepasst. das weiß man ab da also auch, nämlich wie groß er war. und der schreibtisch erzählt, wie er von München nach Konstanz und dann nach Steckborn gelangt und über den see schwankt und dann auf die schiffslände von Gaienhofen gehievt wird und mit dem fuhrwerk mit einem ps bergan zum kirchplatz gebracht wird und dann die treppe rauf und das geht: denn er ist zerlegbar in drei teile. und der Hermann Hesse hat an ihm die vierundvierzigtausend briefe geschrieben, die Volker Michels gerade in einer zehnbändigen ausgabe herausgibt, und die dreitausend buchbesprechungen und alle bücher und geschichten

und als erste arbeit einen aufsatz über Mörike. ja, ist schon beeindruckend … was darauf – auch rein quantitativ – alles entstanden ist.

*

heute arbeite ich zum ersten mal am vormittag.
morgens ist alles anders. die sonne steht links. sie bewirkt einen rautenförmigen lichtfleck hinter der türöffnung. der fleck ist so hell, dass ich auf die idee komme, die spots zu löschen.
das geht aber nicht und auf die idee bin ich bisher auch noch nie gekommen. es war einfach noch nie so hell! die raute leuchtet!! der raum wird hell! der glanz der knöpfe! der nagel seines zeigefingers schimmert! in dieser beleuchtung sehe ich die falte über den brauen, die zornesfalte über der nasenwurzel. noch kein botox, dermaleinst – so wie er da den dandy gibt, hätte er es vielleicht in anspruch genommen.
ich weiß aber schon, dass er eigentlich nicht gerne in gesellschaft war. gesellschaft im sinn von party. oder von offiziellem. sagt er wenigstens. »bitte keine besuche«, stand in Montagnola an seiner gartentür. »in keiner kunst bin ich so sehr dilettant und anfänger wie in der geselligkeit«, heißt es in der »Nürnberger Reise«.
locker liegt die jacke, der »rock«, gut sitzt die weste darunter, schlank ist er, weiß ich ja, hab ihn ja schon beim nacktklettern gesehen.
und ich muss nur rübergehen ins museum, in den ersten stock ins reich der devotionalien, da ist ein fast-nackt-

bild, Bruno, das söhnchen, ist sein feigenblatt, er steht im bild da, wo Hermann Hesses mitte wäre.
ich weiß auch, dass er auf dem Monte Verità eben das nacktklettern gelernt und weiterhin ausgeübt hat und sich dabei durchaus mehrfach hat photographieren lassen. ich denke, so nackt, da gab's dann den sonnenbrand, wo er sich vor schmerzen bis zum hals in der erde eingegraben hat, dort auf dem monte Verità, wo er auf entzug war. sagt man. sagen manche.
auf einem anderen photo sieht er ein bisschen aus wie Hannes Wader, auf den komm ich, weil er gerade mal wieder auf tour ist mit Konstantin Wecker. die beiden veteranen klingen sehr sanftmütig, jedenfalls das, was ich gehört habe in kulturwelt bei Bayern 2, dann wär's auch nicht nötig gewesen.
der vormittag vergeht, die raute wird zum trapez, frau Kiehnle soll mich ablösen und lässt mich im stich, da hat das trapez noch eine chance zum quadrat zu werden. vielleicht um zwölf uhr mittags?
vierundzwanzig rucksäcke liegen um mich herum, eine schulklasse ist aufgetaucht, jemand hat die anmeldung verschlampt, frau Dr. Manegold improvisiert eine führung.
ich habe bei Martin Suter von einem mann gelesen, der sich für zehntausend Franken maßanzüge schneidern lässt. ist das, was Hermann Hesse da trägt, ein maßanzug? konnte so was der schneider Köpfler, der ihm die porösen zwölf anzüge für Indien genäht hat und vor dem ich als kleines kind schrecklich angst hatte, weil er sagte: wennt net uffhörsch daumelutsche schneid i

n dr ab. de daume. und er hatte eine schere so groß wie im Struwwelpeter. es war der gleiche schneider wie der von Hermann Hesse oder sein sohn oder dessen sohn. sein hübsches haus steht da noch, wo es stand. es wurde auch, wie ich inzwischen weiß, vom architekten Hindermann erbaut, wie Hesses Haus am Erlenloh und das von Ludwig Finckh. nach wie vor die schönsten häuser von gaienhofen.

*

die emphase der heutigen fliege, die jetzt seit zweieinhalb stunden auf mir herumkrabbelt! kaum schreibe ich etwas auf, setzt sie sich auf meinen zeigefinger, den, der auf die spitze des schreibgerätes drückt. sie zeigt mir, dass und wie ich schreibe.

*

draußen knarren die fahnen, eine ist weiß-gelb, die andere bemalt.
ich sehe sie jetzt im zweiten sommer dreimal in der woche und sehe sie heute zum ersten mal.
was bedeuten sie? ich gehe vor die türe und betrachte sie. die fahnenstangen stehen neben der kapelle. der kapelle St. Mauritius.
auf der einen fahne ist ein bild, ein heiliger? natürlich, der Heilige Mauritius.
ich schaue umher, niemand kommt von nirgends, völliger museumsfrieden, ich schau mir die fahne aus der

nähe an und betrete die kapelle. dachte ich mir's doch, da steht das original. links von dem kleinen barockaltar, steht er, in schrittstellung, ausgeprägter kontrapost. kontrapost? hallo, neun semester kunstgeschichte, sieht aus, als wollte er gerade loslaufen, und er hält auch seinerseits eine fahne in der hand. was ist sein attribut? in welcher not wendet man sich an ihn?
er trägt ein langes schwert und einen helm und eine art rüstung und sieht wie ein bauernbub aus. vielleicht der heilige der messerwerfer und der messer überhaupt, damit auch der meines küchenmessers in der schublade, mit dem ich blumen schneide, wenn man mir das blumenschneiden nicht abnimmt, immer noch und täglich, wenn ich es auch nicht mehr ständig erwähne.
mein Gott, ich kenne diese kirche seit meinen kindertagen und weiß nix!

*

ich habe die fensterbänke gesäubert, sie sind hinter sehr schönen dichten leinenvorhängen verborgen.
putzfrauen mögen keine fensterbänke, schon gar nicht welche hinter dichten leinenvorhängen, die niemals aufgezogen werden, weil das licht den exponaten … und wenn sie da putzen, nämlich, sieht es niemand.
soll ich darauf hinweisen, dass die fensterbänke geputzt gehören in einem ordentlichen baden-württembergischen museum? ausgerechnet ich, der man die schlampe auf zehn meter ansieht?

allerdings kann ich fenster putzen, da denkst du: es ist keine scheibe drin.
hab' ich meinerseits von einer putzfrau gelernt.
fensterputzen wäre auch nötig, denke ich, aber dafür braucht man den vierkantschlüssel und es ist auch nicht teil meiner arbeitsplatzbeschreibung. die es ohnehin nicht gibt, aber die zu gestalten ich bemüht bin.
ich werde schweigen. jeder, dem ich es sage, würde sich ärgern, dass er es nicht selbst gesehen hat. und mich dafür hassen, dass ich, die schlampe, die erste war.

*

365 mal im jahr, wenn ich morgens an den see runtergehe, denke ich, ihr schwäne habt es toll, so viel schönheit zum rumschwimmen. seid ja auch selber so sehr schön, aktiv schön mit dem orchideengleichen aufblühen der flügel, mit dem synchronschwimmen, dem hochzeitstanz zur gefühlten musik von Tschaikowsky.
heute denke ich, das ist denen scheißegal, ob die hier rumschwimmen oder auf irgendeinem baggerteich direkt neben der mangelhaft gesicherten akw-ruine. da sterben sie halt ein bisschen früher, na und?
was will ich damit sagen? was könnte ich damit sagen?
ich war mal jung und habe es nicht gemerkt?

*

uups: kollegin krank, frau Hangarter hat einen unaufschiebbaren termin, frau Hangarter geht, ich bin allein.

mit zwei häusern. dem museum und dem Hesse-haus. es ist ein vertrauensbeweis. ich brauche (darf) den pc nicht benutzen, ich darf die rechnungsvorgänge mit der hand machen, muss wohl auch den kopf gebrauchen, habe einen quittungsblock. ist mir recht. ich habe das gefühl zu schweben.
jemand kommt. kauft immerhin zwei postkarten. ich bewältige den vorgang. für kleine käufe haben wir immer noch keine behältnisse.
ich stecke die postkarten in einen briefumschlag.
der käufer will dies und jenes gerne wissen, will aber vor allem mit seiner frau draußen im garten in der sonne sitzen. geh nur, ich brauch noch zeit, ich bin noch nicht wirklich im kassenbereich angekommen. zwei gäste trampeln durchs museum – ich lausche der richtung ihrer schritte – in welchem stockwerk, in welchem geistigen bereich halten sie sich auf? das sollte ich wissen, damit ich sie rechtzeitig mit hilfe des schlüssels ins Hesse-haus einlassen kann. dort ist gegenwärtig eine schöne ausstellung, kleinteilig, mühsam zu besichtigen, in vitrinen und tafeln an der wand, der politische Hesse. was mir heute hier passiert, so mütter-Hangarter-und-Dr.-Manegold-seelenallein und verantwortlich für die beiden häuser, da hör' ich das schicksal knistern.

*

ich habe in der schublade vor meinem bauch in Udo Lindenbergs compilation »Mein Hesse« ein stück von »Klingsors letztem Sommer« gefunden. ich lese:

»lass mich nicht so der nacht, dem schmerz, du allerliebste, du mein mondgesicht ... oh du mein MONDGESICHT!, und seine stimme wurde dunkel vor zärtlichkeit.«
ich kann's nicht fassen.
punkt punkt komma strich, fertig ist das mondgesicht.
kannte er das noch nicht? solche streiche spielt die nachwelt dem dichter.
und es ist auch schon wieder ein quatsch von gestern.
aber so erledigt der volksmund den hohen ton.
schreiben ist wie balancieren ohne stange.
»die raupigen rücken der kastanienwälder« gefallen mir aber. die kastanienschale steht für das ganze. synekdoche.

*

so, abends ein vortrag eines Schweizers zum politischen Hesse. er ist archivar und somit fällt die rede etwas kleinteilig aus. aber ich studiere die vitrinen und schautafeln mit mehr neugier. anderntags sage ich zu meinem nachbarn, der heute in der sonne sogar etwas lächelt, so in den mundwinkeln wie Mona Lisa, he, du warst ja 33 ganz schön hellsichtig.
und hört und staunt, er hat gesagt:
»wieder entdecke ich, wie nahe ich dem kommunismus stehe, einfach der gerechtigkeit wegen. ließe er sich ohne flinten und kanonen verwirklichen, wäre ich gern dabei.«
(1931 an Ninon)
respekt!

*

der himmel ist mit einer transparenten wolkenschicht bedeckt, super-ordentlich, wie linksgestrickt.
und was machen die schmetterlinge im winter, fragt ein kind.
es ist keine so große überraschung, dass es das fragt, wir haben seit freitag eine schmetterlingsausstellung. wir haben sie aus Japan ausgeliehen bekommen, alle informationen sind in der bezaubernden japanischen schrift. die schrift ist vertikal.
in vielen vitrinen sind die aufgespießten kleinen körper präsentiert. die erzählung »Das Nachtpfauenauge« von Hermann Hesse ist in aufeinanderfolgenden bruchstücken dazwischengeschaltet, zum glück auf deutsch und mit lateinischen buchstaben. ich lese sie wort für wort, sie ist düster und gefällt mir.
was die schmetterlinge im winter machen?, sage ich, ich weiß es! sie überwintern: als falter in verstecken, als verpuppte an pflanzen (drauf aufpassen! sage ich dem kind) als raupen, als eier und als wanderfalter.
einer war heute in der laterne bei mir im wohnzimmer und ich habe ihn in einer tasse gefangen und die hand über die tassenöffnung gehalten und ihn dann draußen freigelassen, und ich sage, dass man sehr schön freude ausdrücken kann, wenn man fliegen kann!

*

schmetterling sein ist nur ein stadium, imago heißt das in der fachsprache und das ist lateinisch und heißt »bild«, sage ich, weil das kind mich erwartungsvoll anschaut. und du siehst ja selbst, sie sehen wie kleine bilder aus, da in den kästchen. wir gehen gleich mal und jeder von uns sucht sich den schönsten aus.
den ich am schönsten finde, hat keinen namen und sieht aus wie eine kleine kaltnadelradierung vom lieben Gott.

*

die schönen bilder haben aber, führe ich weiter aus, wie meistens in der natur einen sinn: die falschen tieraugen auf den flügeln zum beispiel des nachtpfauenauges verwirren räuber und verleiten sie, an der falschen stelle zuzubeißen.
die schmetterlinge ernähren sich flüssig, fahre ich fort, natürlich von nektar, sie sind ja kleine himmelswesen, aber auch von wasser aus pfützen, von schweiß und urin und von TRÄNEN! sie stimulieren die augen von krokodilen, wenn welche greifbar sind, und trinken die dann hervorquellenden tränen! manche haben saugrüssel, die schieben sie bei nacht bestimmten vögeln unter die geschlossenen lider und trinken tränenflüssigkeit! und manche trinken BLUT!
all dieses angelesene wissen erzähle ich dem wissbegierigen kind. das kind wählt den apollofalter. ich sage, das ist mein zweitschönster.

*

schmetterlinge verblühen nicht wie blumen. sie überwintern sogar, auch bei mir im haus, und weil's warm war, flogen sie durchs zimmer und ich hab' sie rausgelassen ins freie, auch im winter, wie blöd ist DIE denn! mach' ich nie mehr, ich sing' euch ein schlaflied (die frau singt neuerdings im kirchenchor) und ich lass' euch ausschlafen bis zum mai, ich versprech's.

*

»jene duftende sage von Gotama dem buddha.«
he, das hast du geschrieben, du mit der fliege, dem vatermörderkragen, der uhrkette und der Havannazigarre mit dem feinjustierten bärtchen, der zornesfalte und dem scheißarroganten blick? zwar gewiss geschauspielert, aber gekonnt! muss mal grad schauen, das photoshooting war 1910 und »Siddhartha« war 1922, na ja, ein bisschen zeit dazwischen, ein paar stufen, möchte man sagen.
»einem gesunden kinde nicht unähnlich wandelte der buddha«, »noch jeder finger seiner still herabhängenden hand sprach friede«, ja, ich hab's kapiert, du weißt ja doch was von gelungenen sätzen. und in gewisser weise, freund, gerade das mag ich an dir, ich glaube, dass du nicht bist, was du schreibst. auch wenn's auf den ersten blick so scheint. auch wenn viele sagen, du seiest dein eigener biograph. mag ja sein, aber nicht immer.

*

streiten sie sich um reviere? die schmetterlinge noch mal. um beete, um sorten? wenn, dann leise und nicht so garstig und unerbittlich wie zum beispiel die blässhühner vor meinem schlafzimmerfenster unten im see. was diese wütende sucht angeht, die du so kenntnisreich beschreibst, schwarz-weißer nachbar, das schmetterlinge sammeln – die kenne ich nicht. weil ich ein mädchen bin/war? ich seh' mich stehen vor der riesigen schmetterlingssammlung im haus am Hohengeren in Stuttgart, erarbeitet vom konsul Wanner, dem gründer des Lindenmuseums daselbst und vater meiner patentante Dora, seh' mich da stehen vor den aufgespießten kleinen körpern und mich fragen, frag' mich bis heute: habt ihr sie wenigstens betäubt oder habt ihr sie bei lebendigem leib durchstochen? von spannen und trocknen ist die rede bei dir, aber nicht von dem tötungsvorgang, ich hab's jedenfalls nicht gefunden. aber heutzutage bleibt man ja mit seinen bohrenden fragen nicht lange allein: ich druck' mir »schmetterlinge präparieren« aus, verfasst von herrn Manfred Koch.
zum tötungsvorgang hat er folgendes zu sagen: bei der anwendung von zyankali oder äther tritt eine totenstarre ein, die viele stunden andauern kann … auch die mit der tötungsspritze getöteten werden erst gespannt, nachdem sie etwa 24 stunden lang genadelt in der aufweichdose gesteckt haben (kleine tiere etwas weniger lange).

ja, sage ich zu meinem nachbarn, da genierst du dich doch ein bisschen.

*

Marie-Claire Döpfler kommt. ich glaube, wir haben beide in unterschiedlichen wärmegraden eine nicht ausschließlich platonische schwäche für den autor Manfred Bosch. das sagen wir aber nicht, wir reden drum herum. wir plaudern darüber, wie schwierig Manfred Boschs bücher, insbesondere die kiloschweren, halbmetergroßen »Bohème am Bodensee« und das ebenso schwere und große »Alemannische Judentum« im bett zu lesen sind und wie wir's machen. mit kissen im rücken und tabletts vorm bauch. und sagen nicht, dass wir statt der großen und schweren gedruckten ersatzobjekte vielleicht gern das originalmanuskript im bett lesen würden.
na, jetzt übertreibe ich ein bisschen. was wir tun, ist mehr das, was man früher »schwärmen für« nannte und das taten »backfische«, damals, als man noch nicht teenager sagte und nicht fan und nicht groupie. auch das verschweigen wir, denn wir sind ja keine backfische mehr, und reden stattdessen über Cynar, der gut tut bei magenproblemen. und über leibchen mit strapsen, an denen man die kakaobraunen gerippten strümpfe unsrerer kindheit befestigte, und wie wunderbar es war, wenn das im sommer endlich aufhörte.
Marie-Claire erzählt dann, wie der Manfred Bosch bei ihr wohnte, um das buch über den Südverlag zu schrei-

ben, »Zeit der schönen Not«, und abends aus Konstanz kam und mit heißen wangen von seinen tagen in den archiven erzählte, beim abendessen, und was er jeden tag neues gefunden hatte, und Marie-Claire strahlt ihrerseits mit heißen wangen und ich freue mich ganz still im innern, dass die liebe niemals aufhört, nicht bei mir mit x, und nicht bei ihr mit 85 Jahren.

*

noch mal von vorne: wer ist also Manfred Bosch?
was habe ich seinerzeit geschrieben – er sei der sprachmächtige chronist der dichtung dieser landschaft, des alemannischen raumes also, vor allem der letzten hundert jahre – das ist er in der tat. und er hat einen großen teil seiner eigenen herausragenden schriftstellerischen fähigkeiten bescheiden in den dienst der sache, der rettung bedeutender hiesiger autoren vor dem vergessen, gestellt.
bescheiden, ja. ich denke aber auch: cuius regio eius religio.
WEN er, wohlbekannt und mehrfach preisgekrönt, wie er ist, auswählt, der/die BLEIBT.
und WEN er (einen/eine) womöglich verschmäht …
macht nichts.
wir haben ohnehin nicht alle platz auf dem alemannischen Parnass.

*

ich lern' einen weiteren freund von Hesse kennen, Alfred Schlenker. es gibt eine neue ausstellung, und da Alfred Schlenker ausser zahnarzt auch noch komponist war, wird bei der eröffnung seine musik gespielt.

ich höre zu, es ist angenehm und ich weiß beruhigt, ich werde viele wochen zeit haben, jedes einzelne exponat genau zu studieren. ich werde dann alles wissen über herrn Schlenkers lebenslanges opernprojekt, das seine tage und nächte erfüllte, und das libretto dazu schrieb Hermann Hesse und in dessen leben war es eine randnotiz, die er ein paar jahre später schon fast vergessen hatte.

ich habe kürzlich geschrieben, dass Hermann Hesse auf den meterhohen photos im museumsgarten schadhafte zähne hat. und dass wir noch zwei weltkriege abwarten müssen, bevor es in Gaienhofen einen zahnarzt gibt.

das war in jeder hinsicht falsch. erstens stammen die photos, was ich damals noch nicht wusste, aber hätte wissen können, nicht aus der Gaienhofener zeit, sondern aus Montagnola. und zweitens gab es in der Gaienhofener zeit sehr wohl einen zahnarzt, nämlich eben den herrn Alfred Schlenker, gut, nicht in Gaienhofen, aber in Konstanz. und den frequentierte Hermann Hesse. und sie wurden freunde. und Hermann Hesse wurde sein librettist. zwischen betäuben und bohren war dann halt die rede von tonartwechseln und fünffüßigen jamben.

zu diesem komplex haben wir also die schöne ausstellung und ein besucher schreibt ins gästebuch, dass er sogar auch noch die letzte zahnarztpraxis vom alten Dr. Schlenker von innen kennt. die praxis war in Diessenhofen im haus zum Vogelsang und bestand aus einem stuhl

und einer mit tretrad betriebenen bohreinrichtung. der das aufschrieb, der Urs Roesch nämlich, so sagt das gästebuch, hat als schreiner die praxis mit eingerichtet und wird der erste patient, und Alfred Schlenker sagt ihm beim behandeln immer wieder, dass die fußbetriebene bohreinrichtung viel menschlicher sei als die starren elektrischen antriebe. richtig überzeugend war's wohl nicht, die praxis hatte keinen langen bestand. innerhalb der ausstellung kommt es zur uraufführung von kompositionen des zahnarzts und auch eine uraufführung der oper wird in erwägung gezogen.
wir stricken hier fleißig an der geschichte mit. GEFÄLLT MIR.

*

ich kenne die vitrinen inzwischen wie der friseur die kopfhaut seiner kundinnen. ich weiß, wo die meisten fingerabdrücke kumulieren, wo stellen auf dem glas sind, die im glas sind, die man nicht wegbekommt, eben weil sie IM glas sind, – wo immer wieder fliegen-exkremente sich zu mustern fügen.
alles, was ich bisher aufgeschrieben habe, verwandle ich heute durch knopfdruck in einen blocksatz! dass es den gibt, hab' ich erst gemerkt, als ich den entsprechenden optischen hinweis entdeckt habe, und mit einem schlag waren meine wildausgefransten zeilenenden auf zweiundfünfzig seiten glatt wie abgeschnittene ponys … und wie das passiert – ich war platt! wie geschickt der computer die buchstaben auseinanderzieht und lücken

und gedränge produziert, nur damit das klappt! was ich, die schreiberin eines solchen, alles über bücher und deren herstellung nicht weiß, mein Gott!
ich weiß genau genommen nicht, was ein buch ist! und es ist das größte nach der liebe.

*

ich höre bei einem gespräch zu:
heute kam im radio, 1887 habe der maler Max Liebermann in München bei einer großausstellung ein bild gezeigt, das den zwölfjährigen Jesus im tempel darstellte. der kleine Jesus sei rotbraun gewesen, barfuß und bucklig, ein dreckiger kleiner Judenjunge mit gebetsschal, der frech mit stinkenden schmutzigen schacherjuden redete. so formulierte es ein bayerischer landtagsabgeordneter in der entsprechenden landtagsdebatte, die zwei tage dauerte.
Liebermann war jude. und was glaubst du, was er getan hat?, sagt der besucher. er übermalte den kleinen Jesus und jetzt war er blond und hübsch und artig und angepasst und sah aus wie der kleine lord Fauntleroy.
wir haben hier schon gute besucher, die sich so was erzählen. die geschichte hat mich umgehauen. ist es so wichtig dazuzugehören, dass man zum verräter wird an seinem eigenen projekt? hätte mir das auch passieren können? könnte es mir noch passieren? das ist schon eine wichtige zeile im vaterunser: und führe uns nicht in versuchung! andererseits, bitte, führe mich in versuchung, ich will ausprobieren, ob ich ihr widerstehen kann.

Hesse und die Juden? geb' ich das bei Wikipedia ein? mein nachbardorf in der anderen richtung, nämlich Wangen, war ein Judendorf. Manfred Bosch sagt, dass Christen und Juden sich dort bis zum tag X, als auch in Wangen die synagoge brannte, gegenseitig respektierten und schätzten. keiner von beiden hätte verstanden, wenn der jeweils andere seinen glauben verraten hätte, um sich zu assimilieren, um nutzen davon zu haben, um dazuzugehören.
ich finde etwas:
Goldmund nämlich fragt:
»eine frage, Narziss: habt ihr auch einmal Juden verbrannt?«
Narziss antwortet nicht sofort, aber ein paar zeilen später: »… der fall ist wohl denkbar, dass ich eine solche grausamkeit mit ansehen und dulden müsste.« Goldmund: »du würdest es also dulden?« Narziss: »gewiß, wenn mir nicht die macht gegeben wäre es zu verhindern. (…)« und er erklärt dem empörten Goldmund:
»ich habe den schöpfer stets als vollkommen verehrt, aber niemals die schöpfung.«
na, du warst mit einer Jüdin verheiratet, du hast x emigranten geholfen, da muss ich wohl nicht suchen nach deiner political correctness avant la lettre.

*

Marie-Claire Döpfler sagt, dass Henny sagt, dass Paula keine professionelle zahnreinigung bekommen kann. sie verträgt aus altersgründen die narkose nicht mehr.

ich frage Marie-Claire Döpfler, wer Paula ist. du kennst doch Paula, sagt sie. das ist der dackel, dem ich immer kekse gebe.
also bist du schuld, sage ich. woran? an Paulas karies. du gibst ihr regelmäßig kekse. Marie-Claire ist betroffen. das hatte sie nicht bedacht. gib ihr doch in zukunft mohrrübenstückchen, sage ich.
das wollte ich alles gar nicht erzählen, sondern das:
»Siddhartha ist kein richtiger kaufmann, sagt der kaufmann. nie ist seine seele mit leidenschaft bei dem geschäft. nie fürchtet er misserfolg, nie bekümmert ihn ein verlust.«
danke, Hermann, sage ich. das brauche ich heute. bei dem kostenvoranschlag von neunhundert euro wegen der verputzung der mauer, die verputzt werden muss wegen der verlegung der wasserleitung, die schon sechshundertvierzig euro gekostet hat, wegen der information, dass ich eine hebebühne bestellen muss, um den baum zu fällen, damit herr Stoffel einen neuen zaun bauen kann, aus edelstahl, weil er schlosser ist und das ist sein bevorzugtes material, holz käme nicht in frage. und meine nachbarin will, dass der zaun von einem designer entworfen wird, weil sie ihn von ihrem schlafzimmer aus sehen kann.
Siddhartha hat mich fit gemacht für ein gespräch mit meiner bankfrau frau Scharde und ganz kühl habe ich meinen bausparvertrag gekündigt und meinen eigenanteil aufs sparbuch gepackt und kann nun diese und noch einige rechnungen bezahlen und der verlust soll mich kein bisschen bekümmern.

»traf Siddhartha ein verlust, so lachte er und sagte, ei sieh, das ist also schlecht gegangen.«
Hesse fürs leben. endlich verstehe ich die user.

*

Claus Kleber, heißt er so? machte gestern abend im heute journal auf die stille am himmel über Deutschland aufmerksam. in Island, und ich lese gerade Halldor Laxness und mich wundert in bezug auf Island gar nichts mehr, drückte ein vulkan von unten gegen das eis und es entstand eine explosion und nun entweicht aus Island eine riesige aschewolke, die es schafft, glaubt's oder glaubt's nicht, den europäischen flugverkehr lahmzulegen. die abgase sind der feinstaub der hölle, so sehen es zumindest die geschädigten airlines. so kann's gehen, sagt die frau mit dem flugticket nach Los Angeles von Hapag Lloyd in der tasche. der vulkan heißt Ejafjällajökull.

*

Hermann Hesse ist in Ceylon auf einen berg gestiegen. der berg heißt Pidurutalagala.

*

auf dem weg ins Hesse-haus, zu meiner arbeitsstelle demnach, beginnt in Gaienhofen und in der allgemeinen umnachtung die dämonisierung der vorgartenpflanzen. da steht eine dunkle magnolie, nicht aufgeblüht, knospen wie brutale vogelschnäbel, und wo sie sich verkniffen öffnen, lila zungen mit grünlichem belag, ich muss mir kurz die augen zuhalten. die dämonie von pflanzen ist nur deshalb weniger erschreckend als die der wilden tiere, weil die pflanzen festgewachsen sind. überhaupt die natur im augenblick, die vogelbabies im efeu vor meinem fenster quietschen morgens um fünf wie meine kaputte fahrradbremse, die eltern stecken das revier ab mit zwölftonmusik. die ganze welt ist angezählt und teilt meine angst vorm fliegen.

*

zum ersten mal schreibe ich direkt in den pc, ohne es vorher mit der hand in ein heft geschrieben zu haben. schuld ist, wie könnte es anders sein, eine schwertlilie. ich muss alles über sie aufschreiben und ich habe keine zeit. die schwertlilie ist eine knospe im museumsvorgarten und sie ist schwarz. ich weiß, dass ich nach Amerika reisen werde und zwar während in Island die vulkanasche fliegt und somit fliegen ein äußerst gefährdeter vorgang ist und es ist klar, dass ich so oder so, die blüte dieser schwertlilie nicht erleben werde. aber ich will es wissen: was wird aus einer SCHWARZEN knospe?
ich trenne mir also eine vielversprechende ab, hüte sie den ganzen arbeitsnachmittag, nehme sie nach dienstschluss mit nach hause. ich nehme eine kugelförmige vase vom regal, mit bleirand, weiß mit eingeschliffenen mustern, wie ich sie nur von den roten böhmischen

gläsern kenne, die ich meiner mutter immer zu weihnachten im antiquitätengeschäft gekauft habe, 80 dm das stück, zum durch sie hindurch in die sonne schauen … so ein muster, ein bisschen wie eisblumen, fülle sie mit wasser und stelle die schwertlilienknospe da hinein. erst passiert nichts und die zeit bis zur abreise wird knapp. pfingstsamstag richtet sie sich plötzlich auf, lehnt zwar immer noch am bleirand, aber hebt gewissermaßen den kopf, dich hab' ich vernommen, und pfingstsonntag beginnt sie aufzublühen.

*

pfingstsonntag vor Sankt Mauritius. alle katholiken, viele protestanten und alle, die mit dem museum was zu tun haben, zum stühlestellen.
Bruno Epple, der gleich den sonnengesang des Franz von Assisi sprechen wird, zerrt mich von meinem stuhl in der letzten reihe hoch und pflanzt mich auf einen stuhl in der ersten reihe. ich bin ein erwünschtes publikum. jetzt sitze ich genau gegenüber von herrn Theinert. zwischen uns ist nur der notenständer und sein cello. ich versuche, ihn nicht anzustarren. er ist unglaublich hübsch. wahrscheinlich segelt er, wenn er nicht cello spielt. so gleichmäßig karamellbraun wird man nur beim segeln. neben ihm sitzt der mann mit dem akkordeon. der sieht so redlich aus. und er kann wirklich sehr gut akkordeon spielen, er zeigt, dass das ein brauchbares instrument sein kann. dass es sogar zum cello passt. die veranstaltung beginnt mit ihm, indem er nämlich

von hinter St. Mauritius her sich langsam nähert und auf seinem instrument »Geh aus mein Herz« spielt; so wie wir es nach und nach erkennen, fallen wir ein und singen herzhaft mit, wir sind viele und alle des liedes kundig, aber im freien unter dem abendhimmel übertönt der gesang kaum das vogelgezwitscher. der akkordeonspieler nimmt platz. ich betrachte bald ihn, bald herrn Theinert, dann fällt es nicht so auf. ich stütze meine ellbogen auf die stuhllehne und mein kinn in die dazugehörige hand, mache mich zur skulptur und schließe die augen, die skulptur heißt: ich lausche dem sonnengesang. ich will dem Theinert signalisieren, dass ich ihn überhaupt nicht sehe, schön finde, begehre. Bruno Epple spricht Kästner und Gryphius, ich blinzele, Theinert zupft an seinem cello und studiert die noten. mit literatur hat er's wohl nicht so. aber musik genügt auch. er sieht mürrisch und schlecht gelaunt aus, das hab ich bei schönen männern schon öfters bemerkt. sein schwiegervater ist ein guter maler, von dem hier heute ein penibel gemalter Franziskus auf dem programm gedruckt ist. sonst malt er sehr minimalistische große aquarelle, die wir auch hier im museum beherbergen. er heißt Emil Wachter. irgendwann gelingt es mir, herrn Theinert zu vergessen und ihn nur zu beachten, wenn er cello spielt, wie es sich gehört.

*

»im frühling seiner kindheit lief Anselm durch den grünen garten. eine blume unter den blumen der mutter

hieß schwertlilie, die war ihm besonders lieb. er hielt seine wange an ihre hohen hellgrünen blätter, drückte tastend einen finger an ihre scharfen spitzen, roch atmend an der großen wunderbaren blüte und sah lange hinein …«
so schreibt mein schwarz-weißer nachbar.
warum diese ungeheure faszination durch schwertlilien? auch bei DIR, H.H.? ja, da braucht's keinen traumdeuter aus Wien, das sieht man auch so, wie sehr diese drei zartschwingenden und zugleich lappigen, schlechtgebügelten, herunterhängenden unteren blütenblätter den weiblichen schamlippen gleichen, den inneren. zumal sie keineswegs schwarz sind, sondern das, was meiner ansicht nach purpurn ist. in ihrer mitte befindet sich ein goldenes vlies, eine rotzordinäre blonde schambehaarung, das zitat des venushügels einer blondine, – ich werde die blüte nachher ins freie stellen, damit die blume mit hilfe der bienen ein wenig sex hat vor ihrem frühen und von mir verursachten tod. und meine faszination? woher rührt sie bei einer HETERO frau? pornographischer feminismus oder feministische pornographie, von der sie's gerade in der zeitschrift SPEX haben? ich hab' mich drum gekümmert, bevor ich sie kannte.

*

schamlippen, wieso fühle ich mich an sie erinnert, weiß ich denn, wie sie aussehen? Es gab eine zeit in den 70ern im neuerwachten feminismus, da wurde uns frauen, und ich war auch noch eine junge, empfohlen, mit hilfe eines

handspiegels die eigenen geschlechtsorgane genau zu betrachten.
ich war nicht gegen die zielvorstellungen, die damit verbunden waren, ich hatte aber ein heimliches grauen vor diesem anblick und habe die untersuchung daher unterlassen. ich hatte aber einen gescheiten liebsten, der war mit mir im museum und zeigte mir Dix' großstadttryptichon und sagte, schau die frau an auf dem rechten flügel mit dem geöffneten pelzmantel und dem rüschenkleid darunter, der pelzmantel ist die schambehaarung einer vagina und das kleid sind die äußeren und inneren schamlippen dazwischen. und das habe ich mich getraut genau anzuschauen. das kleid, die schamlippen, volantartig, gerüscht, lappig, in der mitte gespalten, rosig durchblutet …
ich wollte nicht dumm sterben, es war eine möglichkeit, sich zu informieren, ohne den handspiegel zu benutzen. jetzt verhilft mir diese lektion zu dieser blumengestützten ästhetischen pornographischen erfahrung.
aber auch: du und ich, Hermann, wir sind ja auch gleichsam zähneknirschend fromm. Eva Eberwein sagt, die irisierenden farben der schwertlilienblüten symbolisieren den regenbogen und damit den friedenschluss zwischen den menschen und Gott. ich fürchte, das gefällt der kinderseele.

*

also, um das thema nicht vorschnell zu verlassen, ich vermute die aktivitäten des nektar- und pollensammelns

bei gleichzeitig durchgeführter bestäubung sind der sex der blumen und der bienen, wie könnte das sonst zu frühkindlichen aufklärungsstrategien führen, und schon frage ich mich: ist der honig eine art sublimierung? verzicht auf trieberfüllung zugunsten eines produkts, kunst also? denn mit dem sex der bienen ist es vertrackt. was weiß ich über die sexualität der bienen? ich weiß, dass die königin die eier legt und die arbeitsbienen EINS davon ausgucken, das sie mit einer besonderen speise päppeln, also dann, wenn es made und larve geworden ist – und das dann die neue königin wird. die dann ihrerseits tausende von eiern legt.
über den sinn solch aristokratischer selektion kann man geteilter meinung sein, Peter Sloterdijk gefällt sie sicher, dem verkünder der regeln für den menschenpark. es geht hier zwar nicht um machteliten, sondern um lebensbewahrung (ohne die bienen sind die machteliten arm dran). trotzdem, diese bestenauslesen gehen mir auf die nerven. wie exzellenz-universitäten, wie SPIEGEL-ranking-listen, wie deutschland sucht den superstar. geht's nicht ein bisschen republikanischer? und sonst? da gibt's noch die drohnen, die sind, glaub' ich, maskulin und tun das zu erwartende, sind aber im calvinistischen sinn nicht nützlich, sie sterben sogar einen massentod, wenn ich's noch richtig im kopf habe. aber da gibt's doch auch den hochzeitsflug der königin, was passiert denn da genau? hilft alles nichts, ich muss zu Wikipedia, wenn das auch an pfingsten furchtbar lange dauert, bis das netz anspringt. so, jetzt weiß ich mehr: die junge, sechs bis zehn tage alte bienenkönigin paart sich mit

mehreren drohnen! sie bewahrt deren spermien in ihrer samenblase bis ans ende ihres lebens auf und verwendet sie. die paarung findet in der luft, im flug statt. das ist bezaubernd. aber was die gesamtheit der bienen angeht, sehr exklusiv. im sinn von ausschließend. zwangssublimierung, könnte man sagen, wäre honig dann.

*

»... wie wenn eine biene ... zu der blume fliegt ... einen tropfen saft mitnimmt ... zu hause, die blume schnell vergessend, ihren honig macht ... so trinkt (Goldmund) bei der frau ... den tropfen erlebnis ... lust und qual ... aus dem er sein werk machen wird, seinen honig«, finde ich bei dir im »Brief an Schrempf« 1931.
sein werk, sein honig, seine kunst!
wie nett, so eines sinns zu sein!

*

noch mal, kurz, ich versprech's, zu meiner schwertlilie. an ihrem kehlkopf, möchte ich mal sagen, ruht eine weitere knospe, rabenschwarz. wir werden sehen, ob ich gelegenheit habe, das geöffnete ergebnis zu betrachten.

*

»er pflückte im grase eine kleine violette blume ... blickte in die kleinen engen kelche hinein, da liefen adern und lebten winzige haarfeine organe, wie im schoß einer frau … schwang das leben, zitterte die lust« ja schau, das ist dir auch alles aufgefallen, das freut mich jetzt! in »Narziss und Goldmund« steht's.

*

ein gescheiter besucher schaut aus der tür ins freie und überlegt sich, was Hesse wohl gesehen hat. welche häuser waren schon da. ich helfe ihm beim nachdenken. aber wie hoch die bäume waren, wissen wir nicht. auch nicht, wieviel und was vom see er gesehen hat, die frage aller fragen.

*

Hermann, du hast es ja auch an den augen. man meint immer, kranke augen müssten verschwommen aussehen. aber wie scharf blickst du durch deine brille mit den zahlreichen dioptrien.
ich komme von meiner sehr schweren arbeit, sie besteht in diesen tagen vor allem im ungern schnaken töten und sitze auf dem ponton vorne am landungssteg, der mich bei wellen lustvoll stößt und halte meine füße in den schwarzen tiefen see, schwarz und tief, weil wir nämlich schon fast hochwasser haben.

*

Marie Luise Kaschnitz beschreibt als bevorzugte lebenshaltung die folgende: was im rücken, die knie

angeschrägt und daran gelehnt ein buch oder ein heft, lesen oder schreiben und das war's schon. geht mir genauso, nur ich habe noch gern in reichweite der rechten hand einen teller mit geschmierten toasten, kräuterkäse, sardellen-paste. gouda oder johannisbeer-marmelade.
habe ich jetzt nicht.
freu' mich aber jeden abend auf die muße am see mit buch auf schoß oder angeschrägten knien, wenn die vom seewasser kalten füße sich wieder erwärmen müssen, oder heute, später, am grünem tisch bei Bettina, der wirtin vom kiosk am see, sie kommt aus sachsen und sagt: isch sauge immer alle schpinnen mitm schtaubsaugr auf, dann schtell ischn schtaubsaugr ins freie und die grabbln alle wieder raus, mr is ja dierlieb, newahr, nu, a gleenes bier für die dame? ja! und dann ein tannenzäpfle vor mir auf dem grünen tisch, als belohnung für die schwere arbeit im museum, das ist der lebenslange segen der abhängig beschäftigten, dieses gefühl von freiheit am FEIERabend. habe auch grad einen haubentaucher tauchen sehen, nicht vertikal, also eigentlich verschwinden, sondern im völlig durchsichtigen wasser horizontal über dem seeboden entlangschießen, ich habe fast geschrien, so ein anblick war das. wie ein animiertes fossil. wie vor millionen jahren.
schau' also auf das bierglas vor mir, in dem die kettchen aus kohlensäure schwanken und durch das glas auf den see und die broschen an seinem ausschnitt, die hässlichen broschen, denn broschen sind hässlich, ausnahmslos, und waren es zu allen zeiten, auf die boote

also, und die sind nicht hässlich, aber schmuckähnliche fremdkörper sind sie schon.
dahinter das schöne Steckborn und alles ist wie ein gedicht, das man nicht mehr schreiben muss.
na ja, eunuchen-poesie, habe ich heute gelernt, man weiß, wie's geht, aber man kann nicht.
der see auch ein bildschirm mit sehr vielen blässhühnern heute als buchstaben, dann später der see wie edle bettwäsche aus damast, dann abendsonne und plötzlich stromausfall.
so viel wald da drüben im Thurgau, einsamer wald, das gibt's noch, meine mutter sagte dort beim klettern ein gedicht auf, welches nur, von wem nur? Goethe, Conrad Ferdinand Meyer, Uhland? oder von Hermann Hesse? »so musst du allen dingen / bruder und schwester sein.«? ist nicht ausgeschlossen.
und dann, wie's nun endlich dunkel wird, die spiegelung vom flutlicht auf dem sportplatz von Steckborn, die spiegelung im see wie engelshaar auf dem christbaum. ich freu' mich auf weihnachten, ja, ist es denn möglich? ich freu' mich eigentlich das ganze jahr auf weihnachten und ab dem ersten feiertag schon auf das nächste.

*

der gedanke aber auch, dass die kuhglocken da drüben auf den hängen der Thurgauberge, von denen die touristen immer so bezaubert sind, tierquälender sadismus sind. denn ich lerne gerade mir vorzustellen, wie es ist, wenn … wenn man also eine schwere glocke um den hals trägt und bei jeder bewegung brüllt sie rhythmisch: schaut her, ich bin's. und niemals, niemals stille. kann die vögel nicht quietschen und die fliegen nicht summen und die nachbarn nicht muhen hören und das rupfen vom gras meines mauls kann ich nicht hören und das kauen nicht und das wiederkauen nicht, denn sogar das kauen setzt die glocke in bewegung, und von jetzt an gehe ich aus protest auf allen vieren.

*

ich sage besuchern, das ich auch in einem haus aus der Hesse-zeit wohne. sie fragen höflich nach und ich erzähle. ich erzähle so gern von diesem, meinem haus, in dem ich wohne und sogar geboren bin. IM HAUS, damals machte man das nicht in der klinik. ich habe seine geschichte erzählt, so gut ich sie weiß.
mein großvater hat das haus gebaut, er war in Hemmenhofen der zweite von außerhalb, der so was tat, der erste war Walter Käsbach. die decken im zimmer sind aus lehm mit stroh gemischt und viel holz wurde verwendet und ums haus stand kein baum, nur wiesen und blick übern see, dessen wellengemurmel man bis ins schlafzimmer hört. bis sonst wo. es war ein ferienhaus. im sommer wurden in Stuttgart die vier kinder samt köchin und mädchen und mutter natürlich, – so natürlich war's nicht, sie, die mutter, meine tolle großmutter, war zehn jahre lang geistesgestört, aber das brauchen die gäste nicht zu wissen. sie wurde auch wieder gesund. spontanheilung, es war die mit den vielen engeln um sie

herum. die engel waren vielleicht ausgeburten ihrer zu wilden phantasie, aber sie haben, einmal vorhanden, ihre schöpferin auch wieder gesund gemacht. – sie wurden also alle ins auto gepackt. der chauffeur fuhr sie hierher und auf jeder fahrt gab's eine reifenpanne. und am wochenende kam auch der herr dr. hno, mein großvater, aus Stuttgart mit dem abendzug und ließ sich von Moos nach Iznang rüberrudern und ging den rest durch den wald zu fuß. im krieg fiel dann eine bombe auf das Stuttgarter haus und sie zogen hierher. ausgebombt. ich staune. so ein wort. wie selbstverständlich mir das über die lippen geht. als sagte ich sonnenaufgang oder brotaufstrich. die schülerin, die heute an der museumskasse sitzt, würde das wort nicht benutzen und auch nicht zu mir sagen mischling zweiten grades und auch das wort Trizonesien versteht sie nicht. wie lange ich schon an der welt teilnehme, epochenlang!

*

hier in meinem häusle sitze ich gerade, nicht in der Marie Luise Kaschnitz lese- und lebenshaltung, kissen im rücken, die angezogenen knie als lesepult, nein, eher ami-klischee 1946 beine auf dem tisch, ein gartentisch allerdings mit eichhörnchenfußabdrücken im staub darauf. und natürlich was zu essen in reichweite, ich brauche polymorphe genüsse.

ich lese den »Grünen Heinrich« von Gottfried Keller, ich lese davon, wie ein schüler subtil den protagonisten erpresst, wie die mutter den schüler entlarvt und ent-

waffnet, wie er, der »grüne Heinrich«, im konfirmandenunterricht beginnt, am christlichen glauben zu zweifeln, wie er die liebe lernt und die liebste malt, und malt, bis sie sich selber gleicht.
am tischchen im museum, artig die beine auf dem boden, das kreuz durchgedrückt, das buch auf dem tisch liegend und zu essen gibt's nix:
lese ich »Demian«, und lese, wie ein schüler den protagonisten erpresst und Demian ihn entlarvt und entwaffnet, wie der erzähler im konfirmandenunterricht beginnt, am christlichen glauben zu zweifeln und wie er die liebe lernt und von der liebsten ein bild malt und malt und malt, bis es so ähnlich ist wie möglich – jetzt aber ist es Demian.
tja, sage ich zu meinem nachbarn, ich bin ja nicht bei guttenplag und bin ja auch eher ein pirat, was das geistige eigentum angeht, aber da hast du ja wohl ganz schön recycelt. oder soll ich's anders deuten?
wie im Tocotronic-interview? mit zitieren drückt man begeisterung aus?, sagt der Dirk von Lowtzow oder der Jan Müller, mit wiederverwenden verehrung? so will ich das deuten! aber nächstes mal vielleicht 'ne kleine fußnote, gelt!

*

dann lese ich den »Hermann Lauscher« und es wird klar: wie du da den »Goldnen Topf« recycelst, das IST liebe und verehrung, und da, Hermann, gehen wir hand in hand!

*

Marie-Claire Döpfler klagt und quengelt: sie ist von der teppichkante gefallen. sie hat sich dabei auf die zunge gebissen. sie musste ins krankenhaus. sie wurde nicht genäht. kann man das überhaupt, die zunge nähen? man kann ja alles am menschen nähen, nageln, verschrauben, zementieren, ersetzen. aber ich will es mir nicht vorstellen, dass einer die zunge näht, das redewerkzeug, das liebeswerkzeug. Marie-Claire huscht aber schon wieder fröhlich durchs museum, hat alles im griff und ihr gejammer längst vergessen.

*

seine gedichte: draußen vor der weitgeöffneten tür vom Hesse-haus ist eine metallplatte angebracht, darauf ist gedruckt sein gedicht »Weiße Rose in der Dämmerung«

… »und sie lächelt, und sie stirbt
mir am herzen, schwester rose«
so endet es.

das lesen ALLE! laut, halblaut, still für sich. und dann holen sie ein stück papier oder ein notizbuch aus der tasche und einen stift und es ist manchmal sogar ein bleistift und SCHREIBEN ES AB! im jahr von wikileaks! im zweiten jahrzehnt der digitalen revolution!
keine ahnung, was das aussagt über den zustand unserer gegenwart.

*

erster tag der neuen saison im Hesse-haus mit blumenstrauß, mir zittern die knie. das taten sie am anfang nie. da wusste ich ja noch nicht wie. da hatte ich noch kaum respekt, den Hermann Hesse nicht entdeckt.
so, schluss mit schleimen und mit reimen.
geh' durchs haus, ist alles noch wie's war? sag' grüß Gott zu meinem nachbarn auf dem riesenphoto, hi, Hermann, wie war der winter und er schaut ganz freundlich – schönes wetter heute, ein keil sonne fällt durch die halboffene tür, das macht ihn lächeln, ich sag's gerne immer wieder.
unter der linde reitet ein kind auf einem steckenpferd über den platz vor dem museum! 2011! glaubt mir das jemand aus der welt der playstations?
es spricht ruhig auf das pferd ein, das sich wegen der vielen vögel erschreckt hat …
also, alles wie gehabt, und wann ist Hesse noch mal geboren? 2. Juli, glaub ich, aber das jahr? und wie heißen die kinder? Bruno, Heiner, Martin, aber stimmt die reihenfolge? und die enkel gar? ich kann mir nur Silver merken, das kann jeder.

*

auf meinem tischlein klebt ein zettel: die teuren geliehenen exponate nicht alleine lassen, die vitrinen kontrollieren! bei bedarf putzen. oh. soll ich die exponate auswendig lernen? nur so könnte ich das fehlen diagnostizieren. aber vielleicht soll ich nur feststellen, ob jemand mit der axt draufgehauen hat und dann die alarmanlage bedienen, die ich auch noch nicht, immer noch nicht, verstanden habe.

*

ich habe fünf neue dienste verpasst gekriegt. ich freu' mich und sage: toll, da werd' ich reich, wollte mir sowieso ein neues auto ansparen. meinte es nett, aber es klang wohl wie kritik am stundenlohn und keiner lachte. dabei finde ich den lohn in ordnung. drüben im pflegeheim bekommen sie nicht mehr. und was für ein unterschied!
ich brauche mehr sekundärliteratur zu Hesse. gibt es Hesse-forschung wie Goethe-forschung? oder ist er den germanisten zu medioker?
es gibt unzählige dissertationen über Hermann Hesse, sagt Volker Michels, und ich sage: aha, dann gibt es auch unzählige doktorväter, also, es gibt unzählige literaturwissenschaftler, die sich nicht zu gut waren, dissertationen zu diesem thema zu betreuen. ich frage mich, ob ihn das aufwertet. und denke, es sollte eine soziologische dissertation geben.
ich will mal einen ethnologischen blick um mich herum werfen. museumsbesucher als spezies. aus welchen bevölkerungssegmenten rekrutieren sie sich? aus welchen altersgruppen, welchen schichten? ich werde strichlisten führen und sie auswerten. dann hätte ich antworten, aber auf welche frage?

auch das verhalten ist interessant. wenn einer vor der fahne mit Hermann Hesses daten steht und sagt: ah, seine vita, dann ist das theater. theater für mich. ich bin das einzige publikum. hör mir zu, ich kann latein. ich nicke respektvoll. er fragt dann, ob ich Hesse-expertin bin. ich sage, ich bin ein quereinsteiger, und freue mich, dass mir so ein schönes wort zur verfügung steht.

*

so, Hermann, jetzt habe ich »Siddhartha« zu ende gelesen. ich habe kleine geräusche von mir gegeben, kleine seufzer, höflich wie nach einer bemühten, aber missglückten liebesnacht. dabei gefällt mir die rede an Govinda und wie du/Siddhartha über die sache mit dem stein sprichst, »und ich sehe wert und sinn in jeder von seinen adern und höhlungen, in dem gelb, in dem grau, in der härte, im klang, den er von sich gibt, wenn ich ihn beklopfe, in der trockenheit oder feuchtigkeit seiner oberfläche. es gibt steine, die fühlen sich wie öl oder wie seife an, und andere wie blätter, andre wie sand, und jeder ist besonders und betet das Om auf seine weise, jeder ist Brahman, zugleich aber und ebenso sehr ist er stein, ist ölig oder seifig, und gerade das gefällt mir und scheint mir wunderbar und der anbetung würdig«, (so steht es auf s. 117 im Suhrkamp taschenbuch) … das ist sinnlich und schön und gefällt der wahrnehmungsphilosophin in spe. und dass man vor lauter suchen nicht zum finden kommt. und das pech mit dem sohn, das pech mit drei söhnen, gelt,

Hermann, das ist alles in ordnung, dass das vorkommt. und doch seufze ich. eine kleine unzufriedenheit. eine kleine körperliche unzufriedenheit. und eine im kopf. als hättest du es dir irgendwie zu leicht gemacht. so wie mal eben den Jakobsweg pilgern. die schlichten rezepte. na gut, solang ich keine besseren habe, will ich mal die klappe halten. aber hat schreiben was mit rezepten zu tun?

*

das mit dem schwamm in St. Mauritius habe ich bestimmt schon aufgeschrieben. und falls nicht: St. Mauritius ist vom schwamm befallen.
jetzt schälen sie mit lautem schweren gerät den putz von den wänden. den ganzen nachmittag, wolken quellen aus der kirchentür, als fände darin gerade ein wunder statt. später sehe ich, die täter tragen keinerlei schutz vorm gesicht. frau Kiehnle und mich beunruhigt das sehr, wir malen uns die eingestaubten lungenflügel aus. aber die jungen männer teilen unsere sorge nicht. die bestuhlung ist ausgeräumt, ist auch befallen. wie kommt so was? wie kommt irgendwas? die katastrophe auf der loveparade? wo man schon schier erstickt, wenn man bloß davon im radio hört? massenpanik im tunnel? das menschliche versagen? das wäre der titel, wenn die welt ein buch wäre. meine kollegin Martha Sinn haut mir mit aller kraft auf die schulter. ich denke, ist das jetzt der ritterschlag? es ist aber nur eine schnake. sie hat sie auf dem handteller und zeigt sie mir. schnaken töten wir hier unablässig; für

eine tierfreundin auch kleiner tiere bin ich schon eine ganz schöne serienmörderin.
heute morgen sendung über fichtenholz für instrumente bei Bayern 2. sogar mein Bechstein ist aus langsam gewachsenen fichten geschnitzt. die fichte lädt sich auf, häuft codierungen auf sich. instrumente: unter den Hesse-reliquien ist auch seine geige. dabei steht ein gedicht. ich lese es und lese es gleich auch laut und es gefällt mir! es ist ein bisschen wie ein sonett gebaut, aber mit drei terzetten, mit kreuzreim, abwechselnd männliche und weibliche kadenz, gib nicht so an, frau, es handelt davon, wie er, der dichter, den leib der geige betastet, ob er kein neu geheimnis fände, einen ton, den noch keiner je gespielt hat. und die geige erwärmt sich in seinen armen wie ein lieblingsfreund, hm, eigentlich heißt es DIE geige? es wird nicht ausbleiben, man wird auf dieses thema zu sprechen kommen. aber nur kurz. lustig, wie er auf seine jugend zurückblickt, wie ein greis. er hat es irgendwann um 1900 geschrieben, mit dreiundzwanzig!

*

Martha hat einen verehrer. er ist rentner, wie sie rentnerin ist. er schläft morgens gerne lange. trotzdem ist er gestern mit ihr um acht uhr früh ins krankenhaus gefahren und stand, als sie wieder herauskam – es scheint etwas ambulantes gewesen zu sein – mit blumen vor der tür. sie erkennt das an.
aber er macht alles, was ich sage.
und das passt dir nicht?, frage ich, sage ich.

ein mann sollte schon seine eigene meinung haben. sagt sie langsam.
ich frage mich auch immer, was macht er den ganzen tag. ich frage ihn danach. dann schweigt er. er sagt einfach gar nichts. ich möchte da mal mäuschen spielen. er muss doch irgendwas machen?
ich spiele ihr einen sketch von Loriot vor, aus dem gedächtnis.
sie: was machst du?
er: ich mache gar nichts.
sie: du musst doch etwas machen.
er: nein, ich sitze hier nur.
sie: möchtest du etwas lesen?
er: nein, ich möchte nicht lesen.
sie: ich kann dir die illustrierten bringen.
er: nein, danke.
sie: der herr will wohl auch noch bedient werden?
er: nein, ich will nicht bedient werden. ich will einfach nur hier sitzen.
und so weiter. sie versteht meinen pädagogischen versuch und lächelt schief.
ich sage: wir frauen geraten immer aus den fugen, wenn das schicksal es mal gut mit uns meint.
wir fürchten, dass dem dionysischen exzess immer sogleich die höllenstrafe folgt.
das haben wir hier im haus vielleicht vom hausherrn gelernt. sage ich nicht.

*

männliche und weibliche kadenz, was redet die da? wieso spickt sie das leben mit germanistischen speckstückchen? zum beispiel den folgenden, die sie in ihrem konzept findet? »sirene des signifikanten«?
dieser satz von Roland Barthes, dieser halbsatz, dieser betörende halbsatz, der signifikant als sirene! das ohr als lustort, berührt, gestreichelt, verführt, geöffnet durch die sirene des signifikanten! fragen Sie mich nicht, was das bedeutet, ich glaube, ich weiß es sogar, aber kann ich es sagen?
vielleicht so, von hinten her: der signifikaNt als alles das, was NICHT bedeutung ist. der/das signifikat als der anteil an kunst, der sie uns gibt und trotzdem entbehrlich ist. der signifikaNt, der dieses entbehrliche erst zu kunst macht. weil er sirenengesang ist. sinnlich da, tödlich sinnlich, und doch unfassbar. oh mein Gott, ich raune wie ein vergreister poststrukturalist.
es verhält sich so: von solchen sachen höre ich, wenn ich zu füßen von herrn PD Schöning, PD Schneider, Schubenz et al., professorInnen Matala, Pollaschek, Gabriel und wie sie alle heißen schmelzend sitze, semester für semester als gasthörerin der exzellenz-universität Konstanz. gasthörer hasse ich, wie die pest ist überhaupt kein ausdruck. gasthörer sind alt, grau bis weißhaarig, faltig, aus der form geraten. die weiblichen leiber mit wolkigen konturen, dellen, hefeteigartig. sie haben zähne von vielfältigster scheußlichkeit, die falschen sind die schlimmsten. die sie zeigen beim lachen, schamlos. gasthörer sind sowieso völlig schamlos, kommen immer zu früh und besetzen die besten plätze, breiten sich aus mit

schirmen und klamotten für jede denkbare wetterlage und wasserflaschen und tupperdosen und aus Ilias abgedruckten handouts, auf die sie schrecklich stolz sind, ha, ich kann internet, und rufen sich ihre krankheiten zu und die passenden homöopathischen mittel und bringen sie sich sogar gegenseitig mit und das schlimmste ist: SIE WERDEN NUR DURCH DEN TOD EXMATRIKULIERT! sie sind, wie gesagt, völlig schamlos oder sie haben die scham knallhart verdrängt. denn man muss sich schämen, wenn man so alt und hässlich und eklig ist und immer noch die luft einatmet und ausatmet und den armen kindern in Indien den reis und den mexikanischen kindern den mais wegisst und sich nicht einfach auf eine eisscholle begibt und ins Nirwana driftet. ich meine auch die frau da im spiegel … aber ich kann dem glück des dazulernens nicht widerstehen. die eklige alte gasthörerin liest hier im Hermann-Hesse-Höri-museum in ihrem reader und versucht zu verstehen, langue und parole, signifiant und signifié, und will die neuen gäste begrüßen und kann es nicht. es hat ihr die sprache verschlagen. ich lächle ihnen entgegen und nicke stumm, wie sie mir die tickets zeigen und warte, bis sie in Hesses wohnräumen verschwunden sind, ehe ich meine langue, parole vorsichtig freizuräuspern beginne. was ist man für ein psycho!

*

ich habe mich endgültig mit frau Hangarter vertragen. ihre tochter hat mitten in der dreizehnten klasse die

schule abgebrochen und will krankenschwester werden, ihr mann muss operiert werden, sie liebt ihn und macht sich sorgen, sie hat die bezaubernden grübchen in den wangen, die ich mir ein leben lang gewünscht habe, sie hat es schwer mit uns betreuerinnen, den sensiblen trampeln.
jeden satz muss sie in puderzucker wenden – könnten Sie die spülmaschine ausräumen, wenn Sie kurz zeit haben, können Sie die glasscheibe vom kaffeautomaten, vielleicht mit ein bisschen spülmittel … könnten Sie die besucher über die schmetterlingsaustellung informieren, könnten Sie die fingerabdrücke von den vitrinen … das geocaching erklären, die kinder in das museumssuchspiel einweisen, eventuell sogar die schamhaare vom pissoir, sagt sie nicht, natürlich, alles flehentlich und im blick die sorge, man könnte antworten: I would prefer not to … obwohl sie ja schon weiß, dass wir allesamt so hingebungsvoll sind wie die frau mit der alufolie. aber eben zickig. wir wollen um alles gebeten werden.
ich sage, wie toll ich es finde, dass ihre tochter krankenschwester werden will, wieviel sinnvoller das ist als ein bwl-studium, und dass krankheit neuerdings als chance begriffen wird und dass sie das den patienten vermitteln kann, und wie gut das allen tut. ich mein' es auch so. solchen trost brauchen wir alle, das ist keiner zu fein.

*

ein neues großphoto von ihm ist im garten, das das von der zeit geschwärzte mit der katze ersetzt. schade

eigentlich. andererseits: er steht da mit nacktem oberkörper wie vorne drauf bei men's health und braucht sich nicht zu genieren!
der kirschbaum ist kurz davor. oh, es kommen die ersten gäste, es ist fast halb vier, wir sind teurer geworden und noch wenig frequentiert.
es ist nett, dass ich jetzt eine freundin habe, Marie-Claire Döpfler nämlich, von der schon viel die rede war, wir sind jetzt per du, eine freundin, der ich zurufen kann: he, weißt du's schon, Kafkas briefe an Ottla werden NICHT versteigert, Marbach hat sie gekauft, und die dann antwortet: ja, und Oxford! meine kleine schwarze amsel unter der linde vorm Hesse-haus!
heute morgen lag eine fliege im rotwein. ich fischte sie heraus und ließ sie ihren rausch ausschlafen. das habe ich von dem elch im apfelbaum gelernt.

*

»Aus Kindertagen«, die geschichte gefällt mir! darüber muss man einmal sprechen, wie er, der kleine Hermann, wie auch ich, so gerne den frühling in flagranti erwischen möchte … nicht immer überrascht werden, kreisch! gelb! der forsythienbusch blüht, sitz' morgens um fünf senkrecht im bett: das jugendmusikschulorchester stimmt die instrumente, nein, sondern alle vögel sind schon da … so gerne würde ich mal sehen, wie das ei aus dem huhn dringt, erleben, wie ich einschlafe, mitkriegen, wie der wind sich erhebt. dir und mir geht's um kairos, den einzigen unwiederholbaren augenblick, oder?

und weiter, wie der Brosi dem falken in die freiheit des himmels nachjubelt, wie er von den engeln redet, die auf moosplätzchen treten und wie er leise stirbt, so selbstverständlich wie der frühling kommt und geht.

*

neben mir liegt Kutscho aus Tibet, wirklich aus Tibet, nicht nur von der abstammung her, riesig, schwarz und langbefellt. Kutscho hat verlassensängste, sagt mir sein herr, deshalb liegt er hier bei mir, während der das museum besichtigt. er lächelt und hechelt. hat er durst? er hat aber schon an Hesses brunnen getrunken, ich habe gefragt. hätte allerdings auch kein gefäß gehabt, um ihn zu laben, schmecktest du ihn mir zu, es ist warm draußen bei grauem himmel, alle hängen an ihren wasserflaschen, es herrscht in deutschland eine große angst vor dem verdursten.
frau Dr. Manegold kommt vorbei, betrachtet den hund und billigt meine serviceleistung. dessen hecheln geht jetzt in ein extrem kurzwelliges röcheln über. ich bekomme angst. ob ihn sein herr vorher vergiftet hat? eine art euthanasie? und er erträgt es nicht, beim sterben dabei zu sein, und denkt, ein museum ist eine art hospiz und die werden schon wissen, was zu tun ist, vetrinäramt und tierfriedhof und so? langsam wird das röcheln leiser und geht in ein schnarchen über und ich beruhige mich. ich streichle sein oder ihr weiches ohr. wir hatten drüben in der cafeteria, im kassenbereich also, schon allerhand gespräche. frau Dr. Manegold

sagte, in der Süddeutschen habe man die verleihung des Büchnerpreises an Delius bemängelt. De Bruyn hätte ihn haben sollen. ich sagte, ja, mir ging es ja schon mit Mosebach und Kappacher und auch mit Winkler so, dass ich dachte, schon recht, aber gibt's nicht noch was leuchtenderes? ich wollte sie nicht beeindrucken, aber, vielleicht bild' ich's mir ein, war die stimmung nachher gelöster. gemeinsame interessen nivellieren rangunterschiede.
das schnarch-röcheln wird wieder lauter. erste hilfe bei hunden? hab' ich lange nicht aufgefrischt. stabile seitenlage hat er schon. aber muss ich ihm ins maul greifen, ob da was herumschwimmt, was in die luftröhre gelangen könnte? aber man soll ja bei unfällen auch an die eigene sicherheit denken.
ich beschließe, dass es doch mehr schnarchen ist und dass er sicher von Tibet träumt. einfach schläft.
trotz der beunruhigung fand ich später:
es war schön, dass da so ein langbefellter, riesiger wolfsnachkömmling mir zu füßen gelegt wurde und mich ablenkte von allerlei sorgen und tröstete durch sein sanftheit und sein vertrauen.

*

ich schmeiße die zerfledderte ausgabe von 1927, die ich in der schublade vor meinem bauch gefunden habe, in dieselbe zurück.
»Steppenwolf« ist scheiße, sage ich.
er guckt hochnäsig wie immer.

es ist das buch über einen jammernden neurotischen verklemmten spießer auf abwegen.
sag jetzt nicht, das soll es ja auch sein.
du hast nicht das thema verfehlt. im gegenteil, du hast es übererfüllt. du hast einen jammernden neurotischen verklemmten spießer mit einer jammernden neurotischen verklemmten sprache geschildert.
dann frage ich: was haben denn die hippies da dran so toll gefunden? haben sie's als rezept gelesen? als vorschlag? wenn der was nimmt, darf ich's auch?
er schweigt. hat ja auch schon lange nichts mehr gekriegt.
ich finde es scheußlich, wenn du jammerst, und ich finde es scheußlich, wenn du lustig bist, und besonders scheußlich ist es, wenn du blutrünstig wirst, das geht gar nicht.
ich will mich aber nicht mit ihm verkrachen. also sage ich:
aber eins muss ich dir lassen, für überraschungen bist du gut. da ist doch tatsächlich ein rap im buch versteckt. falls das bisher übersehen wurde: bitte, hier ist der beweis: Mozart disst Harry Haller!
»he, mein junge, beißt dich die zunge, zwickt dich die lunge? denkst an deine leser, die äser, die armen gefräßer, und an deine setzer, die ketzer, die verfluchten hetzer, die säbelwetzer? das ist ja zum lachen, du drachen, zum lauten lachen, zum verkrachen, zum in-die-hosen-machen! o du gläubiges herze, mit deiner druckerschwärze, mit deinem seelenschmerze, ich stifte dir eine kerze, nur so zum scherze. geschnickelt, geschnackelt, spektakelt,

schabernackelt, mit dem schwanz gewackelt, nicht lange gefackelt. Gott befohlen, der teufel wird dich holen, verhauen und versohlen für dein schreiben und kohlen, hast ja alles zusammengestohlen.«
na bitte, sagst du stumm, so scheiße bin ich gar nicht.

*

in die neuauflage der broschüre »künstler auf der Höri« hat sich ein druckfehler eingeschlichen, genau genommen zwei. bei den künstlern Hans KinderMANN und Max AckerMANN wurde jeweils das »MANN« weggelassen.
wir haben in zwei klarsichthüllen sehr viele streifen, auf denen jeweils Hans Kindermann und Max Ackermann steht. diese streifen sind selbstklebend und entsprechend mit einer dünnen folie geschützt. diese muss man abziehen und dann mit äußerster vorsicht die streifen auf Kinder… und Acker… kleben, um den mangel zu beheben. auf grund meines sehr kurzgeschnittenen daumennagels brauche ich pro streifen eine viertelstunde. man darf das ja auch nicht schlampig machen, das ergebnis muss dem fehlerlosen druck nahe kommen. auch sitze ich im dämmerlicht, frau Dr. Manegold hat die lampen runtergedimmt (exponate).
s. 19 Ackermann
s. 31 Kindermann
s. 19 Ackermann
s. 31 Kindermann
mein fingernagel lernt dazu und beschleunigt.

beim dreißigsten heft frage ich mich, ob da eine hardcore-lesbe in der druckerei sitzt, die mit dieser kastration ihren männerhass ausgelebt hat.
aber bei diesem gedanken verweile ich nicht lange, nachdenken darf man bei einer solchen tätigkeit überhaupt nicht.

*

frau Hangarter ist stolz und glücklich. sie zeigt mir ein blatt papier. sie hat ein männle gemalt. ein männle ganz aus buchstaben. sie hat sich das männle aus buchstaben in der noch nicht eröffneten ausstellung über Hermann Kinder abgeguckt. dort hängt das männle als experimentelles gedicht, gestaltet aus morphemen. das hat ihr gefallen und sie hat es übernommen und geburtstagsgrüße für ihren mann hineingeschrieben. die beine heißen links Christine und Martin, rechts Sven und Franziska, das sind die kinder aus erster ehe. sie hat sich also ernsthaft und gründlich die ausstellung angeschaut und für ihren alltag nutzbar gemacht. davon halte ich viel, dass kunst, zumindest unwillkürlich, auch nützlich ist.
ja, Bertolt, ich weiß, aber du bist auch die große ausnahme, die/der kunst machen kann, die mit ABSICHT nützlich ist.

*

ein kind singt vor sich hin ohne worte. vokalisen. oh, sage ich, spielst du klavier? notenbüchlein für Anna

Magdalena Bach? menuett? ich will gar nicht glänzen. es ist eine freude, die freude des wiedererkennens, wie frühe vögel im märz.

*

mir geht's schlecht. ich bin krank, ich bin krank am herzen, ich bin versehrt, ich bin verzweifelt. ich brauche hilfe, ich brauche einen arzt, los, hab' ich mich drei sommer lang mit dir abgegeben, dass du mir jetzt die helfende hand verweigerst?
ein buch ist aus dem regal auf den mit holzbrettern belegten boden gefallen, mein unterbewusstsein hat den leisen knall gehört, ein windstoß, beim öffnen der tür, eine winzige erderschütterung, es stand quer vor den rücken der anderen bücher, prekär, nicht gestützt durch den jeweiligen buchnachbarn, der sturz ist nicht übernatürlich, nicht in einem Hermann-Hesse-museum.
»Siddhartha.«
okay, sage ich, und danke auch.
ich lese es also zum zweiten mal. das pubertäre erste mal zähle ich mal nicht mit, sonst wär's zum dritten mal.
und es hilft.
was hilft? nicht, freund, und ich wiederhole mich, die bedeutungsebene. obwohl dieses durchschreiten der wachsenden ringe, um mal einen anderen kumpel mit ins boot zu holen, schon mit den esoterischen gepflogenheiten dieser region, in der ich lebe, und auch über diese hinaus kompatibel und gelegentlich ansteckend ist. das, was hilft, ist tatsächlich der sound. diese kunst-

volle mimesis einer fernöstlichen saga, dieser zeitlose singsang, alle kunst ist therapie, sagt der herr Beuys, ein satz, bei dem mir allerdings immer ein bisschen schlecht wird.
doch in der mitten liegt holdes bescheiden, sagt ein weiterer netter bekannter namens Mörike. auf jeden fall geht's mir jetzt besser.

*

fingerabdrücke, diesen text habe ich geschrieben, als ich gerade mal zum vierten oder fünften mal museumsbetreuung machte. das ist sonderbar, oder auch nicht sonderbar. es ist diese hellsichtigkeit des anfangs, wo man gierig jede spinnwebe und jeden gelungenen blumenstrauß, jeden lichteffekt und jede information festhält, dann nämlich, wenn man betroffen ist, wenn man nicht nur ephemerer besucher ist, sondern teil des spiels.

*

ich stehe draußen vor meiner tür und schau' zu, wie die bienen im lavendel summen. man hat es ja sicher schon bemerkt, ich habe jetzt ein bienenbewusstsein. plötzlich, auf einen schlag, hab' ich deren bedeutung erkannt. alles leben ist bedroht, erlischt, wenn die bienen aufhören, die sexualvorgänge der pflanzen zu stimulieren.
wie komme ich zu dieser erleuchtung?
durch den bürgermeister.

ich sah plötzlich, dass die wiese gegenüber dem rathaus umgepflügt wurde.
am rand dieser wiese stehe ich in jedem mai und halte ein kleine andacht ab, weil dies noch eine wiese ist wie die wiesen in meiner kindheit. da wachsen margeriten und wiesensalbei und skabiosen, blaue glockenblumen und esparsetten und viele kleesorten, und immer sind da bienen bei ihrer tätigkeit in den blüten und erinnern mich daran, dass ich noch nicht gefrühstückt habe. es muss, wie ich inzwischen weiß, magerer, ungedüngter boden sein, damit alle diese wiesenblumen wachsen und immer wieder wachsen, und es ist alles chemie und physik und kein wunder, aber vielleicht sind ja das die wunder, die es immer wieder gibt.

*

diese wiese wird also umgepflügt.
ich lasse mir sofort einen termin beim bürgermeister geben.
ich bekomme einen termin.

*

ich sage zum bürgermeister, mein besuch bei Ihnen ist ein bisschen absurd. aber ich hätte mir nie verziehen, wenn ich's nicht wenigstens versucht hätte …
nein, ich will nicht ablegen, ich brauche höchstens fünf Minuten.
also, ich muss ein bisschen ausholen, ich versuche es

kurz zu machen, ich bin ja hier geboren, im nachbardorf, in Hemmenhofen, und da bin ich auch die ersten jahre aufgewachsen, bei meiner großmutter. die war eine große blumen- und pflanzenkennerin. sie kochte suppe aus sauerampfer, jungem löwenzahn, giersch, gartenkresse, zitronenmelisse, jungen brennnesseln und schafgarbe und allem, was da sonst noch grünte und geeignet war, und honig aus tannenspitzen; sie zeigte mir alle wiesenblumen, die im mai und juni blühen, bevor das erste mal gemäht wird. Mahd, Öhmd, Grummet, so etwas weiß ich alles von ihr. sie hat mir die namen gesagt, margeriten, wiesensalbei, skabiosen, klee, weißer, roter, gelber, esparsetten, glockenblumen, alle gräser … es waren schlechte zeiten, wir waren mager, die böden waren mager. aber wie wir wissen, wiesenblumen brauchen magere böden. je fetter und angereicherter wir und die böden dann wurden, desto mehr verschwanden die wiesen mit den wiesenblumen und am ende gab es nur noch eine einzige wiese, auf der sie sich versammelten. das ist die wiese da drüben, vor Ihrem rathaus. da blühen sie noch alle jedes jahr im mai, die ich eben aufgezählt habe, und ich gehe hin und begrüße jede blume und freue mich, dass wir einen bürgermeister haben, der über so was seine schützende hand hält. so. und jetzt sehe ich, die wiese ist umgegraben. mir ist ganz schlecht geworden, wie ich das gesehen habe. und deshalb habe ich mir den termin geben lassen, um zu hören, wie der mann mit dem halben hähnchen, bei Otto Waalkes, der zum arzt kommt und fragt: ist da noch was zu retten? es geht mir nicht um blöde witze, ich deute bloß an: alles ist zu spät?!

der bürgermeister erhebt sich feierlich. er strahlt. er nimmt ein samentütchen vom schreibtisch und drückt es mir in die hand.
ich kann Ihnen eine große freude machen, sagt er.
in diesem sommer werden alle ortsränder, alle verkehrsinseln hier bei uns mit blumen eingesät. es wird ein meer von blumen geben. der bürgermeister von Steißlingen, der ist imker, und der sagt: im sommer verhungern bei uns die bienen. da haben wir uns zusammengesetzt und gesagt, da müssen wir was tun. und das geschieht jetzt. Sie werden begeistert sein!
an dieser stelle habe ich die erleuchtung. die bienen, sage ich. wie wichtig sie sind! auch und gerade für mich, die ich jeden morgen im bett als erstes einen apfel esse. keine bienen, keine befruchtung, keine früchte, kein futter, keine lebewesen, die früchte mögen, keine lebewesen, die lebewesen mögen, die früchte mögen.
genau, sagt er. und da tun wir jetzt etwas.
ich betrachte das samentütchen. toll, sage ich. das ist ja ganz wunderbar. ich denke, da machen Sie etwas, wofür noch generationen dankbar sein werden.
aber, sage ich, auf dem tütchen sind keine margeriten abgebildet, kein wiesensalbei, keine esparsetten, keine skabiosen …
er nimmt mir das tütchen aus der hand und liest mir vor, was alles an samen drin ist. es ist beeindruckend.
und wird gras dazwischen sein?, frage ich.
es wird alles voller blumen sein, sagt er. wunderschön. in Steißlingen auf der neuen verkehrsinsel habe ich das ergebnis letztes jahr schon gesehen. es sieht prächtig aus.

gut. ich erhebe mich. ich muss zufrieden sein. ich habe ein sentimental-ästhetisches problem, er aber hat das echte problem erkannt und mannhaft an der wurzel gepackt. mein kommunistischer freund Georg Fülberth hat nicht umsonst unlängst die schlauen, pragmatischen, durchsetzungsfähigen bürgermeister kleiner landgemeinden gelobt. die agieren auf dem boden der tatsachen.

*

ich schaue meinen nachbarn an.
zufällig haben wir's beide mit bienen und mit blumen. »La vie des abeilles« von Maeterlinck hat er in einer buchkritik besprochen, liebt es, hat es mir gewissermaßen empfohlen und schon habe ich es bei ZVAB bestellt. heute morgen liegt es im briefkasten. in der deutschen übersetzung von Friedrich von Oppeln-Bronikowski. »Ich will weder die Wahrheit ausschmücken, noch … ein hübsch erfundenes Märchen an die Stelle der ebenso wunderbaren Wirklichkeit setzen. ich will nur ganz einfach von den Bienen reden, wie man von einem vertrauten und geliebten Gegenstand redet, wenn man Nichtkenner darüber belehren will …« hat herr Maeterlinck hier nicht mal ganz eben das geheimnis aller schriftstellerei entschleiert? ich übertreibe nur wenig. über bienen können wir beide, H.H. und ich, nicht genug erfahren. bienen und blumen braucht es, um die welt zu erhalten. und bienen und blumen brauchen wir, um den kindern zu erklären, wie sie's machen müssen, dass es

dann später auch noch menschen gibt, die auf die welt aufpassen.

*

so, nun ist es soweit, die besäten wiesen blühen. der samen hat auch einen namen: er heißt tatsächlich bienenfutter. kunterbunt, unglaublich bunt. neben diesen beeten haben sich im gras ein paar margeriten gehalten, ein paar skabiosen und salbeibüsche, zwei, drei esparsetten … wie doof und fad sehen DIE denn aus! wie von hand angezündete wachskerzen auf einer im wald gewachsenen fichte in Hollywood mitten in der weihnachtsdeko.
ich beobachte die wirkung. restlos begeistert sind die bienen nicht. meinen lavendel vor der tür vom Hessehaus frequentieren sie zahlreicher und schwungvoller. da klingt's den ganzen tag lang wie ein cello. manchmal wie die Zwölf Cellisten der Berliner Philharmoniker.
ut desint vires tamen est laudanda voluntas, sage ich mir.
nach ein paar tagen schau' ich mir die beete nicht mehr an, das bunte bekommt was pornographisches, sex ohne liebe und zärtlichkeit, weil's halt sein muss und gesund ist. und besser ist als nix. das schon.

*

der hochzeitsflug der bienenkönigin.
die vorstellung davon sei bezaubernd, habe ich geschrieben.

aber seitdem habe ich, wie gesagt auf empfehlung von H.H., Maurice Maeterlinck gelesen. »La vie des abeilles«. das leben der bienen.
wie also ist das mit dem hochzeitsflug?
»... sie (die bienenkönigin) fliegt in gerader linie scheitelwärts ins blaue ... sie steigt immerfort ... immerfort ...«
nur EINE aus der großen schar der ihr folgenden drohnen erreicht sie, umarmt und durchdringt sie, und es «kreist das eng verschlungene paar einen augenblick im tödlichen delirium der liebe«.
und jetzt?
»sobald die vereinigung stattgefunden hat, platzt der leib der drohne auf, das werkzeug der zeugung löst sich ab und zieht die ganzen eingeweide nach; die flügel erschlaffen und der entleerte körper stürzt ... kreiselnd in den abgrund.«
und die bienenkönigin?
»... sie kehrt von den blauen höhen in den stock zurück und schleppt die langgezogenen gedärme ihres buhlen wie eine oriflamme nach. sie hat nur ein verlangen, nämlich: sich so bald wie möglich von dem lästigen angedenken an ihren gatten zu befreien, das sie am gehen hindert ...
sie behält nichts bei sich, als in ihrer samentasche die samenflüssigkeit, in der millionen keime schwimmen, die einer nach dem andern beim vorbeigleiten der eier im dunkel ihres leibes die geheimnisvolle vereinigung des männlichen und weiblichen elementes vollziehen ...«

die drohne also kein partner. nur ein werkzeug. ein werkzeug allerdings mit artistischen fähigkeiten, imstande, fliegend ein fliegendes ziel auszuspähen, zu erreichen, zu durchdringen.
ich bin nicht mehr sicher, ob ich den hochzeitsflug bezaubernd finde.

*

meine politischen freunde wollen eine zeitung gründen.
es findet im städtchen eine veranstaltung statt: »töten per fernbedienung – kampfdrohnen im weltweiten schattenkrieg.«
da gehst du hin!, sagen sie zu mir. du passt gut auf und protokollierst die wichtigsten aussagen. vielleicht gibt's einen artikel für unsere zeitung.
darf ich den artikel schreiben?, frage ich.
sie lächeln.
nein, du lieferst den stoff. den artikel schreiben wir dann. dazu braucht man schon ein bisschen erfahrung.
es stimmt, ich bin noch nicht sehr lange dabei.
ich gehe zu der veranstaltung
außer mir noch vierzehn andere.
»ich wusste gar nicht, dass Radolfzell so viele einwohner hat«, sagt der referent charmant.
wir lächeln beschämt.
wir schämen uns, weil so wenige hier sind, und wir schämen uns, weil so viele fortgeblieben sind.
und nun und trotz alledem: was ist eine drohne?
eine drohne ist ein werkzeug. sagt der referent. eine

flugmaschine. gesteuert durch einen algorithmus, einer handlungsanweisung in computersprache.
die flugmaschine namens drohne kann durchaus nützlich sein, sagt er.
sie kann an schwer zugänglichen stellen, z.b. einer brücke, materialermüdung feststellen. sie kann Zalando-päckchen in die vorgärten der hausfrauen abwerfen. sie kann, wie heute in der Süddeutschen zu lesen ist, für einen spanner in zugewachsenen gärten nackte pärchen beim sonnenbaden und so filmen.
man kann drohnen auch bewaffnen.
zielsicher steuert dann die drohne den bösen Taliban-terroristen an, der gerade vor seiner haustür steht und den sprengstoffgürtel umschnallt. schon ejakuliert die drohne die mitgeführte rakete, diese erreicht ihr ziel, explodiert und eliminiert den gegner ganz ohne krieg und unnützes blutvergießen.
dumm ist nur, dass der böse Taliban-terrorist sich gar nicht den sprengstoffgürtel umgeschnallt, sondern den reißverschluss an der jeans hochgezogen hat. und es war auch gar nicht ER der böse Taliban-terrorist, sondern sein onkel mütterlicherseits, der vor zehn Jahren an hodenkrebs gestorben ist. und auch dumm, dass – lateral – neben seinem haus – die grundschule ist, war …
drohnen seien »only constructed for the instant of contact and ejaculation«, zitiert an dieser stelle der referent. und fügt hinzu, dass es auch »mini-nukes« gibt, drohnen, bestückt mit atomsprengköpfen, stärker als die Hiroshima-bombe.

auch macht man sich die schwarmintelligenz der drohnen zunutze, bündelt die geräte und schickt sie los und sie treffen dann die »kill-decision« selbst.
und ich lerne erschrocken, dass Barack Obama schon der drohnenpräsident genannt wird.
und dass terroristen, die auf sich halten, gegen-drohnen enwickeln.
und dass der geist aus der flasche sei und nicht mehr zurückgedrängt werden könne.
ich liefere mein protokoll ab und bin froh, den artikel nicht schreiben zu müssen.

*

zu hause lese ich dann das kapitel »drohnenschlacht« bei Maurice Maeterlinck:
»... die flügel werden den ärmsten zerrissen, die fußwurzeln abgetrennt, die fühlhörner abgebissen – ihre prachtvollen schwarzen augen brechen in schmerz und todesangst.«
von Wikipedia weiß ich außerdem, dass die arbeitsbienen die drohnen, sobald diese geliefert haben, systematisch verhungern lassen. das ist keine kunst, die drohnen sind nicht mal imstande, aus einer blüte einen tropfen nektar zu saugen. sie müssen zeitlebens in der kantine essen.
ich habe den eindruck, dass Maurice Maeterlinck mitleid hat mit den kleinen faulen machos.
dass die kampfmaschinen drohnen heißen, ist metapherntechnisch bedenklich. drohnen, die kleinen leben-

digen, ejakulieren LEBEN in universellem maßstab. die kampfdrohnen ejakulieren TOD.
»durch naturbeobachtung erfindungen machen«, habe ich damals geschrieben, als die fliege meinen nachmittag begleitete.
technologisch die natur abkupfern: wie wär's denn mit einer kampfdrohnenschlacht?

*

Hermann Hesse beim billard, als ob er disko tanzt, Hermann Hesse beim auspacken eines plattenspielers, Hermann Hesse, wie er seine neue geburtstagshose präsentiert, nun ist es schon mehr veitstanz, oder als hätte er gerade ein tor geschossen, die katze daneben tanzt auch und schleudert eine maus an deren schwanz im kreis, das sind zeichnungen von Gunter Böhmer, den wir ausstellen zu seinem hundertsten geburtstag. man denkt, toll, da wird wirklich mal ein ereignis, grad wenn's passiert, vom zeichner für die ewigkeit fixiert, und liest, was drunter steht: er hat das zehn jahre nach Hesses tod gezeichnet. ich denke, vielleicht hatte er in der nacht von ihm geträumt. wie lieb muss er ihn gehabt haben, wie liebenswert war der alte sack wohl doch. Böhmer war Hermann Hesses gärtnerbursch und bocciakugelbemaler, Hermann Hesse sagt zu ihm: »geben Sie acht, dass Ihr verehrtes vorbild sich nicht als verbohrtes ehrbild herausstellt.« sie hatten's lustig zusammen. die geschichte mit der geklauten brieftasche … das hast du gebraucht, stimmt's, denn deine Ninon hatte ja wohl ein bisschen drachenflügel. aber – sie hat dir 4.000 bücher vorgelesen, sagt Volker Michels, in worten viertausend, das wiegt einiges auf.

*

vom Suhrkamp Verlag sind pakete gekommen. vom SUHRKAMP Verlag!
vom verlag, der dreiunddreißig Nobelpreisträger im programm hat! (sagt Volker Michels)
wir müssen, wir dürfen sie auspacken, es ist wie weihnachten. meine heutige mitarbeiterin Irmgard, mit der ich demnach schon per du bin, erklärt mir den vorgang: zehn mal »Hesse für Gestresste« auf dem warenbegleitschein abhaken und auf dem bücherbuffet ergänzen bzw. im schrank verstauen, links die gebundenen, rechts die paperbacks.
zehn mal »Eigensinn macht Spaß«, – oh, bei einem exemplar fehlt auf dem umschlag die vignette!? ein fehldruck, sagt Irmgard kühl und sortiert ihn aus.
zehn mal »Über das Glück« mit cd. diesen text könnte ich ergänzen: das glück, Hesse-bücher, geschickt vom Suhrkamp Verlag, auszupacken und einzuordnen und keinen neid zu empfinden, gar keinen.
so, es ist fünf vor fünf, ich fülle alle benutzten papierhandtücher aus den den waschbecken beigesellten plastikkörben in die blaue tonne aus der damentoilette und bringe diesen inhalt in die alte mosterei. dasselbe mache ich mit den benutzten papierhandtüchern, – feuchten, ekligen, manche liegen auch daneben, senioren können

oft nicht zielen, ich muss sie anfassen und in den korb befördern und mir sofort die hände waschen, – mit den papierhandtüchern also drüben im museum, in der damentoilette, in der herrentoilette. dann wandere ich durch die häuser und klappere mit dem schlüsselbund. endlich! so haben sie's ein leben lang mit mir gemacht in den museen, jetzt darf ich auch mal. manchmal fass' ich das auch in worte: leider muss ich Sie jetzt vertreiben. ach, schon? wir schließen, sage ich laut durch den luftraum jeder etage und schließe sie ab. wir schließen, sage ich der herren- und der damentoilette, und wenn niemand um hilfe ruft, lösche ich die lichter. wir haben auch ein recht auf feierabend.

*

die Hesse-tage sind fast zu ende. am letzten abend kommt ein theologieprofessor aus Tübingen. es geht um den religiösen Hesse. die meisten damen in meinem alter haben das gesamtticket für die Hesse-tage für neunundsiebzig euro gekauft und sich hier eingemietet. wir sitzen hier andächtig mit gefalteten händen, und ich denke, wie wunderbar der Hermann gleichzeitig die verschwiegenen sehnsüchte alter damen und auch die tourismus-industrie befriedigt und beflügelt.

*

wir stellen zurzeit im museum bilder eines neueren Höri-malers aus, der leider gestorben ist.

ich komme ein bisschen früher zum dienst und betrachte die exponate: das strahlendgelbe rapsfeld erscheint mir als das (ein)leuchtendste ... sie haben es auch als plakat genommen, wie ich später feststelle, also lag ich richtig mit meiner wahl.
die witwe des malers sitzt in der cafeteria. sie trinkt schoko-cappuccino aus dem automaten und erzählt.
die witwe des malers hat einen bösen nachbarn namens Bruttel.
herr Bruttel rast mit seinem trecker die gemeinsame einfahrt entlang und gefährdet der malerswitwe spielende enkel. er bekommt nächtliche internetbotschaften vom landwirtschaftsministerium und rast dann mit aufgeblendeten scheinwerfern nachts mit dem trecker über seine felder und spritzt gift. er stapelt apfelkisten mit dem gabelstapler in schwindelnde höhen und die malerswitwe hat keinen seeblick mehr. er baut hässliche hütten aus holzabfällen und streicht sie nicht an, obwohl die witwe ihm sämtliche farbreste des verstorbenen malers-gatten zum verbrauchen anbietet.
er ist auch unfreundlich und grob und sie meint, es hat etwas mit der kluft zwischen Badenern und Württembergern zu tun. die sie nicht versteht. ich versuche es mit herzog Christoph und der reformation. katholisch versus protestantisch. es überzeugt sie nicht.
da kommt schwersterkältet meine kollegin Ruth Brogle aus Tibet zurück – es war wohl frisch auf dem dach der welt – und verbringt den ganzen vormittag mit dem verbreiten ihrer viren und dem trinken mehrer mitgebrachter thermoskannen tee. sie hat keinen dienst. sie

will nur bei uns sein. es ist warm bei uns, ich meine das jetzt metaphorisch.

*

satz aus Manfred Boschs buch: »parole der vagabunden: generalstreik lebenslang.«

*

ein photograph kommt. er will mir seinen presseausweis zeigen. ich danke höflich. vermutlich zeigt er ihn aber gern und ich habe ihm einen spaß versaut. ich habe mich heute hübsch angezogen, finde ich. er fordert mich zur strafe nicht als model an. das habe ich einfach nicht geschickt gemacht. es blitzt im ausstellungsbereich. das darf es eigentlich nicht. photographieren ja, blitzlicht nein. muss ich einschreiten? und mir alle chancen für eine model-karriere verbauen? diese divergierenden interessen! brave angestellte versus fashion week. so geht's mir immer.

*

ich mache, weil's so kalt ist und weil ich das museumskarate erfunden habe, ein paar katas. das sind choreographisch festgelegte abläufe aus dem karate, bei dem man gegen mehrere imaginierte gegner kämpft. ich besitze den braunen gürtel, das sage ich hinter der vorgehaltenen hand, mit so etwas gibt man nicht an, karateka sind

bescheiden und prahlen nicht, da fällt mein blick auf ihn und seiner auf mich. körperliche ertüchtigung gefällt ihm ja. na gut, reden wir heute mal über sex.
was sagst du?
H.H.: »sie spielten das spiel der liebe, eines von den dreißig oder vierzig verschiedenen spielen, welche Kamala wusste. ihr leib war biegsam wie der eines jaguars und wie der bogen eines jägers; wer von ihr die liebe gelernt hatte, war vieler lüste, vieler geheimnisse kundig. lange spielte sie mit Siddhartha, lockte ihn, wies ihn zurück, zwang ihn, umspannte ihn, freute sich seiner meisterschaft, bis er besiegt war und erschöpft an ihrer seite ruhte.«
ja, sage ich, gelt, das siehst du auch so: diesen augenblick angemessen zu beschreiben, der im zenit allen daseins steht – ich hab's bis jetzt noch nicht gefunden, dass es einer vermocht hätte, um mich mal ein bisschen wie du auszudrücken, von Boccaccio bis Charlotte Roche nicht. auch du findest nicht die sprache, so wie du's beschreibst, ist es gymnastik, museumskarate bestenfalls. die aufgabe bleibt noch zu leisten.

*

gespräch: war hier der schreibtisch von dem Hesse?
ich bin der leiter einer gruppe aus Friedrichshafen, die kommet gleich, sind e bissle langsam, aber gut, wenn ich schon bescheid weiß …
ich: ja, oben steht der legendäre schreibtisch von Hermann Hesse, der ihn überallhin begleitet hat und schon

überall auf der welt war, sogar in Japan, und jetzt wieder hier ist am ort, für den er gebaut wurde …
er: ja, ich komm' aus Friedrichshafen und da haben wir auch so was, nämlich die schulbank von Erwin Teufel.
ich (vorsichtig): ach, von unserem ehemaligen ministerpräsidenten?
er: ja, genau.
ich: wir sind alle süchtig nach reliquien.
er: dabei sind wir selber schon reliquien.
ich: (schlucke.)
er: und nach uns ist niemand süchtig.
mein Gott, denke ich, ist es schon so offenkundig?
der student, der mir am kopierer half, fragte mich, ob er die schrift vergrößern solle. und mein sensei beim karate: nicht schlimm, wenn du den jokogeri nur gedan trittst. (das heißt, ich bekomm' mein bein nur noch 30 zentimeter übern boden hoch.)
und mein gesicht im spiegel, hilfe, ich will Botox! denn inwändig bin ich glatt und faltenlos.

*

wie man weiß nach mehreren sommern im Hesse-haus, ist es seltsam, im nebel zu wandern. er, der weiße nebel, ist wunderbar für selbstgespräche geeignet. sonst muss ich immer furchtbar aufpassen, dass ich den mund rechtzeitig schließe, wenn mir begegnende begegnen. die ich ohne brille ja erst im letzten moment wahrnehme. ach, denken die dann, die arme einsame alte frau, hat niemand zum reden und redet mit sich selbst. ich mag aber kein mitleid. und ich rede auch mit mir selbst, wenn ich wochenlang das haus voller gäste habe. ich könnte ja auch einfach kräftig denken. nein, ich will die lippen bewegen, die zunge soll gegen die zähne stoßen und den gaumen berühren und drücken, beim l und und c und d und j, und soll n und s und t und z hervorbringen, wörter sollen sich bilden, ganze sätze sollen entstehen, die ich hören will, nicht laut, aber auch nicht lautlos. im nebel kann bei selbstgesprächen nichts passieren. man sieht die schemen auf sich zukommen und schließt den mund, man ist ja selbst ein schemen, und wenn sie was hören, kann ich mich mit bauchreden rausreden. die orangefarbenen lampen gehen an und zerfließen wie wasserfarben und aus dem nebel höre ich kinderstimmen. das ist sehr schön.

*

jetzt habe ich den salat, ich sitze an der kasse. jetzt wird's blutiger ernst, um den computer komm' ich nicht mehr herum. das kam so: frau Dr. Manegold nahm mich zur seite. man hat sich über Sie, na, ich will nicht sagen, beschwert. aber die kolleginnen sind der meinung, Sie weichen der tätigkeit an der kasse aus. Sie stellen sich nicht dem problem. ich möchte, das habe ich auch allen gesagt, dass Sie jetzt bei jedem dienst mindestens eine stunde an der kasse sitzen.
ich koche. dieser fotzenverein. erst lassen sie mich nicht ran und jetzt … aber andererseits find' ich's auch gut. ohne frau Dr. Manegold hätte ich's nie durchgesetzt.

und es wäre eben doch mal so gekommen, dass ich gesollt hätte und nicht gekonnt. das leben ist ein einziges erektionsproblem. zunächst kommt niemand. ich mache atemübungen. quadratischer atem, das beruhigt. ich sitze auf einem drehstuhl, vor mir der computer, rechts die kasse. um mich herum eine art tresen und aneinandergerückte tische. und alles, jeder zentimeter bedeckt mit büchern von Hermann Hesse. nicht nur originalwerke, es gibt zahlreiche compilationen. es gibt Hesse in jeder dosis, zu jedem anlass. beispiele? »Mit dem Erstaunen fängt es an« »Leben ist Werden« »Unerschrocken denken« »Lektüre für Minuten« »Nur wer liebt ist lebendig« »Wege nach innen« »Vom Wert des Alters« –

alle diese bücher können gekauft werden. auf dem bildschirm meines computers sind tasten abgebildet, die ich schon beschrieben habe, damals noch in respektvollem abstand. wenn ich die warengruppe »Hesse taschenbuch« drücke, erscheint – ich nenne mal ein beispiel: »Hesse für Gestresste«. sollte ein kunde es wagen, das kaufen zu wollen, hätte er es mir über den tresen zu reichen, ich müsste die taste »se für gestre« drücken, dann erschiene titel samt preis auf dem display, ich müsste die taste »bar« drücken, das separat danebenstehende rechenmaschinchen begänne zu rattern und spuckte nach nicht allzu langer zeit den kassenbeleg aus. ich hätte dem besucher den preis zu nennen, hätte sein geld in empfang zu nehmen, hätte die kasse zu öffnen und rasch und sicher im kopf das wechselgeld zu ermitteln. ich müsste eine wunderschöne papiertüte ergreifen, die es seit dem letzten sommer gibt und auf der Hermann bezaubernd als silhouette mit binnenzeichnung abgebildet ist, wie schon beschrieben, müsste das buch hineintun, kassenbeleg und wechselgeld dem besucher aushändigen, dazu ein wenig feierlich die tüte – es-ist-so-nett, -wie-der-Max-den-leuten-immer-ins-gesicht-schaut, -wenn-er-ihnen-die-bücher-gibt – schade, -dass-das-nicht-alle-betreuer-so-machen – das alles simuliere ich jetzt. ich weiß aber, so glatt muss es nicht gehen.

*

angefixte besucher stehen am tisch. sie starren auf die bücher.
ich betrachte ihr betrachten. das ist kein normales suchen und wählen. sie stehen vor dem numinosen. sie warten darauf, dass sie erleuchtet werden. sie wollen wissen, welches buch sie kaufen müssen, welches das für sie angemessene heilmittel ist. welches die richtige potenz, die korrekte verdünnung.
Hermann Hesse ist der brennende dornbusch, Hermann Hesse konnte auf dem wasser gehen.
das hat folgen für den akt des verkaufens. das ist nicht die supermarktkasse. obwohl ich da jetzt auch anders hinschaue.
teilnehmend, mitfühlend. hier bei uns aber findet ein akt statt, der entfernt an die transsubstantiation, an die wandlung von brot und wein in den leib und das blut jesu gemahnt.

aber nicht nur:
ich sitze also an der kasse, meine kollegin kommt aus dem Hesse-haus, um sich einen kakao zu holen. sie hat rote backen, glühende wänglein, sie hält in der hand »Klingsors letzter Sommer«, den finger zwischen den seiten, sie will sofort an der richtigen stelle sein, wenn sie weiterliest, das ist ja so toll.
wow, denke ich, Hermann! du bist ja so vielseitig einsetzbar wie arnikakügelchen!! das muss ich auch lesen, was so erglühen lässt, Hermann Hesse als wichsvorlage, wer hätte das gedacht.
ich bin gespannt, wie's bei mir wirkt, da braucht's schon was gescheites.

*

meine kollegin von heute und ich reden kurz über die neuen bunten wiesenbeete auf den verkehrsinseln, an den straßenrändern und sonst noch. die, wie gesagt, bienenfutter heißen. wir finden sie beide zu bunt. ja gut, sie sollen als nahrung dienen. die blumen haben in ihrer ungeheuren buntheit tatsächlich etwas salathaftes. ich sage, eigentlich will ich nicht, dass blumen mittel sind, sie sind zweck an sich, wie die kunst. sie dürfen nicht mittel sein, so wenig wie die ersatzteilkinder, über die im zusammenhang mit der präimplantationsdiagnostik zur zeit viel gesprochen wird … das thema gibt auch noch einigen gesprächsstoff. es ist heute ein bisschen langweilig, keine gäste und julihitze hier drin – wir vertreiben uns die zeit mit raten, die kollegin und ich, wir raten dichter, die auf einer S. Fischer-papiertüte aufgelistet sind von Agamben bis Zweig. wir fragen uns ab, wen wir kennen. etwa 50 prozent also, da haben wir den namen schon mal gehört. das buch von Agamben habe ich mir nämlich gekauft. daher die tüte. ich konnte nicht widerstehen, auf dem cover standen lauter nackte frauen in strumpfhosen. in mir war eine mischung aus entsetzen und faszination. ich wusste zwar, dass diese frauen eine installation ist, sind, war, waren, aber dass sie nunmehr auf dem buchcover stattfindet, und zur lektüre der texte eines religionsphilosophen auffordert, war unwiderstehlich. das war mal ein schlauer verleger. mit einem schlauen produktdesigner an der seite. samt dem titel: nacktheiten. es ist aber auch der name: Agamben. süß, romantisch, südländisch, geheimnisvoll, ein instrument. allerdings auch abdomen, der teil des körpers, in dem die peinlichen organe gelagert sind. und der kerl ist angesagt. ein so gänzlich oberflächlicher mensch wie ich ist so was von verführbar.

*

so, jetzt ist's passiert, ein buch, das ich nicht finde. in dem verzeichnis nämlich. das frau Hangarter unorthodox angefertigt hat. tittenrattenarschcomputer. also, wie war das? warengruppe, Hesse taschenbuch oder Hesse gebunden, das buch ist gebunden, würde ich sagen, nachdem ich es begrapscht habe, jetzt den preis eingeben, er steht zum glück hinten drauf, dann »offener artikel« drücken, eingabe drücken, juhu, der preis taucht auf auf dem kleinen bildschirm, »bar« drücken, das maschinchen beginnt sein monotones liedchen, ich wechsle einen fünfzig-euro-schein, das ist schon die leichteste übung, pack' das gebundene buch in die Hesse-tüte, gebe wechselgeld und bon und tüte mit einem enstspannt charmanten lächeln an den besucher, der ständig auf den computer und dann auf die uhr guckt. mach's doch selber, wichser, denke ich. ich schaue beiläufig auf den kalender. ich erstarre. um fünfzehn uhr kommt eine literarische wanderung! in worten: es kommt eine ganz sicher nicht kleine gruppe von menschen hierher, mit der auf deren wunsch eine literarische wanderung durchgeführt wird. in fünf minuten! Wotan, Zeus, Jahwe, vor allem du, Merkur, gott der händler und der diebe – kommt und bleibt! bei mir! draußen regnet's oder ist kurz davor. die literarische-wanderung-führerin betritt den Raum und denkt laut nach, ob sie die wanderung nach innen verlegen soll. die literarische wanderung in eine erwanderte literatur verwandeln soll. ich studiere hektisch die preise. acht euro eintritt plus führung, sieben euro ermäßigt. kinder? find' ich nicht. und da kommen schon die ersten. gibt's familienkarten? wie bitte? ich hab' nichts gehört. fünfundzwanzig personen stellen sich nach und nach in einer schlange auf. ich bekomme eine namensliste, ich muss sie abhaken. es kommen aber noch welche und welche haben abgesagt. ich starre dem ersten besucher ins gesicht. he, wer bist du, was willst du von mir? die herbeigerufenen götter helfen: es kommt über meine lippen: haben Sie eine gästekarte? nein? dann bekomme ich acht euro. oh, ihre gattin? ich drücke ein zweites mal auf eintritt, erwachsene, mit führung. dann bitte sechzehn euro. du, willi, wir haben doch eine gästekarte, zeig sie der frau doch mal. die hab ich nicht, du hast die doch eingesteckt. ich fasse in meine hosentasche und gebe ihnen zwei euro zurück. den storno-vorgang habe ich noch nicht drauf. die führerin betrachtet ungeduldig mich und den himmel. vielleicht hält's ja noch, die soll sich mal beeilen. ich habe auch noch einen kleinen zählapparat, ich muss klicken bei jedem besucher, auch dem kleinsten baby, ich weiß schon eine sekunde später nicht mehr, ob ich's getan habe oder nicht. noch weiß ich nicht, was gleich passieren wird, dass nämlich die kleine musikalische maschine verstummen wird. es ist ihr das papier ausgegangen, das will sie damit sagen oder verschweigen. aber da ist die führung schon unter dem immer tiefer sinkenden himmel verschwunden, ich kann frau Hofer von drüben holen und sie legt routiniert eine neue rolle ins maschinchen ein. ich atme tief ein und aus, es ist nur eine kurze zäsur, sie werden gleich zurückkommen und sich auf die drogen stürzen, jeder will seine line und jeder seine ganz spezielle. ich klicke auf suche in artikel und versuche mir die titel zu merken und den ort, an dem sie stehen. das ist gänzlich hoffnungslos, aber es beruhigt.

*

das verdanke ich dir, das sehen der schmetterlinge. meine suchhaltung. dauernd spähe ich in diesem frühling,

sommer nach ihnen. haben sie jahreszeiten, wie blumen? erst die schneeglöckchen, dann die märzenbecher? der erste, den ich dies jahr gesehen habe, war ein zitronenfalter.
er sieht wirklich aus wie die zitronen im garten meines sohnes in Van Nuys, LA, denn dort war ich inzwischen, es sei nicht verschwiegen, die er pflückte und die ich ausdrückte, und der saft war WARM von der kalifornischen sonne. und dann sieht man weiße, und ich glaube, sie heißen kohlweißlinge. heute fiel einer vom himmel wie ein von der sonne geröntgtes herbstliches buchenblatt, braun orange, keine ahnung, wer, ich bräuchte ein bestimmungsbuch.
pfauenauge, tagpfauenauge hab' ich dies jahr noch keins gesehen, andere aber berichten davon. es gibt sie also noch. ihre raupen fressen brennnesseln, also bitte, nicht mehr mähen! ich lasse überhaupt in diesem jahr alles, was blüht, stehen und mähe drumrum, das sieht auf der wiese wie lepra aus, aber in diesem fall schafft die bedeutung den ästhetischen mehrwert.

*

heute habe ich heiß geduscht und danach war der spiegel beschlagen. ich föhnte dann meine haare und richtete aus versehen den föhn auf den spiegel. und da war mein gesicht zuerst ganz jung und wurde, wie der feuchte schleier trocknete, immer älter, wie das bild des Dorian Gray am ende des films, wenn auch nicht ganz so vom laster gezeichnet – man rühme nicht als sitt-

lichkeit den mangel an gelegenheit, fällt mir dazu noch ein. das ganze leben, als wär mr bloß grad durchs dorf gange, sagt der alte jude in Wangen, sagt auch Arnold Stadlers großmutter.
ich lese heute Volker Michels gedanken über Hermann Hesse. die menschen habe sich tausendfach mit seinen figuren und mit ihm identifiziert, sie schrieben ihm briefe wie an Gottvater. und er hat so gut wie immer geantwortet. vierundvierzigtausend mal. er fühlte sich verantwortlich für seine wirkung. das ist anständig, aber auch ein bisschen schräg. kunst hat keine verantwortung. aber vielleicht ist das ja das problem. nach dem vietnamkrieg überschwemmte Hesse-literatur die USA wie ein tsunami, sagt Ruth Klüger. »make love not war« wird auf ihn zurückgeführt. und Timothy Leary berief sich auf ihn mit seinen psychoaktiven substanzen. das sei aber ein missverständnis. na, im »Steppenwolf«: die haben schon so allerhand genommen, der Harry, der Pablo, die Hermine, die Maria, die, der … heute kann ich sagen: okay, du hältst nichts mehr von drogen? jetzt bist du selbst die droge.

*

ich habe kein wechselgeld mehr. ach, das können Sie doch aus dem getränkeautomaten nehmen. aha. der automat ist verschlossen. aber da unten hat er eine öffnung. ich suche in der schatzschublade und finde einen schlüssel, der das pendant zu der öffnung sein könnte. ja, tatsächlich, die schwere automatentür schwingt auf. so. und da unten, das ist wohl die kasse. ich taste: ja, auch hier braucht man einen schlüssel. es gelingt mir, die kasse herauszuhebeln. ich leere sie, füge die kasse wieder in ihre nische und verschließe den automaten. und jetzt: ich zähle das geld. viermal. dann habe ich endlich zweimal das gleiche ergebnis. weiß aber nicht weiter, rufe im Hesse-haus an und erbitte hilfe. ja, einfach in die hauptkasse einsortieren und dann auf kaffeeautomat klicken. es ist ja eine einnahme, wissen Sie? betrag eingeben, eingabe – (hurra, da erscheint der betrag, ratter, der bon kommt,) den bon müssen Sie in die kasse legen, ganz oben links. na prima, jetzt können Sie's doch schon ein bisschen. ja, denke ich, im dritten sommer, ihr schlampen.

*

ich lese einen berührenden Text: er heißt »Im Presselschen Gartenhaus«. da versetzt sich H.H. in Mörike, in Waiblinger hinein und last but not least in Hölderlin. ich kann ja nicht nachprüfen, ob ihm das gelungen ist, ich frage mich, ob ihm überhaupt der text gelungen ist, ja, er gefällt mir, aber es passiert zu viel, erst das stift, dann der besuch bei Hölderlin, dann der workshop im gartenhaus, dann der auftritt Wispel, Mörike als stand-up-comedian. aber in postmodernen zeiten mag man ja so was. was ich aber wirklich wissen will: wie kam er zu seinen informationen? welches waren seine quellen? und: von wem ist der von Hölderlin als SEINER gesprochene text? ich sitze meinerseits an der quelle,

oben auf der empore im bürgerhaus und unten spricht Volker Michels mal wieder einfühlsam über seinen lebensgegenstand.
ich will ihn unbedingt fragen. ich will ihn auch noch über die handschrift befragen, über Hermanns handschrift, mal mit deutschen, mal mit lateinischen buchstaben, warum? da sitzt der, der alles weiß, aber ich frage ihn nicht. er ist umlagert von frauen in meinem alter, die seine bücher signiert haben wollen und er hat über die liebe gesprochen, in diesen heißen kultraum mag ich nicht einbrechen, und die letzte, die kommt, ohne buch zum signieren und nur mit seltsamen fragen, will ich auch nicht sein.

*

vitrinen, ich betrachte sie unfreundlich, locken mich, rufen mich, komm her, ich hab' was schönes, ich zeig's dir, du darfst es betrachten, aber ja, aber du darfst es nicht berühren, aber nein, du darfst dich über mich beugen, aber ja, du darfst dich nicht auf mich legen, aber nein, du darfst dich höchstens ein bisschen aufstützen, aber ja, aber du darfst mich nicht begrapschen mit deinen bakteriell verseuchten schmierfingern, aber nein, keine ahnung, warum ich da gerade Vicky Pollard aus Little Britain zitiere, vielleicht will ich mich aufheitern – vitrinen, die immer zwischen mich und das eigentliche eine glaswand schieben, die versprechen und nicht halten, den voyeur aufstacheln und die erfüllung verweigern … vitrinen, die ich poliere und so transparent wie möglich mache, und doch ist man auf immer vom gegenstand des begehrens getrennt.

*

sträuße macht frau Kiehnle unbestritten die schönsten. aber auch ich ... ich gehe durch den museumsgarten so für mich hin und pflücke hier ein zweiglein, da ein hälmlein, noch was blühendes, und stelle alles in ein väslein und dann auf meinen tisch.
da kommt eine besucherin herein, stellt sich vor meinen tisch und hört kurz auf, sich zu bewegen, vielleicht sogar zu atmen. dann stößt sie einen schrei des entzückens aus. sie packt die vase, stellt sie auf einen mauervorsprung vor der wand mit den fachwerkbalken aus dreihundertjährigem eichenholz und beginnt meinen strauß zu photographieren. sie schiebt den strauß hin und her, dreht ihn rechts und links herum, leiht sich meinen halogenstrahler und beleuchtet ihn von allen seiten. es ergeben sich bezaubernde schatten, kriegt sie die aufs bild? paare und passanten ziehen erstaunt vorbei, vor allen rühmt sie meinen strauß – und einmal bin ICH die, die so schöne sträuße macht. ich gebe das lob bescheiden an den zufall weiter.

*

ich habe ein gespräch mit frau Hangarter. ich sage zu ihr, wissen Sie, das denke ich oft, wenn ich hier sitze und sehe, wie die besucher auf die bücher schauen, und dann denke ich, wie schön, dass es das noch gibt, diesen respekt, ja, fast muss ich ehrfurcht sagen, sie betrachten die bücher wie etwas ganz kostbares … sie breitet weit die arme aus und ihr gesicht beginnt zu leuchten: ja, sagt sie, das ist eben weltliteratur. sie streicht sanft mit der linken hand durch den luftraum über den büchern. die gibt es jetzt seit hundert jahren und die wird's in hundert jahren auch noch geben. das ist nicht wie heute, wo manche meinen, sie müssten ein buch schreiben und dann seien sie berühmt. um die schert sich dann keiner mehr. na ja, ich habe ein buch geschrieben, das weiß sie und kennt es sogar. aber ich glaube nicht, dass sie mich kränken will. sie hat jetzt eben nicht an mich gedacht. sie kann angesichts von Hesse gar nicht an mich denken. eigentlich sind wir nämlich inzwischen freundinnen. gleiches sternbild. und das von Hesse. das ist so was von verbindend. wenn es draußen heiß ist, sehen wir auf eine ganz ähnliche art verschwitzt aus. wir sind empfindlich und leicht zu kränken. sie hat die grübchen in den wangen, die ich mir mein leben lang gewünscht habe. ich weiß, dass ich mich wiederhole.

*

»in den geflügelhöfen schrie plötzlich ein pfau auf, zwei- und dreimal und durchriss die waldige nacht mit dem kurzen bösen und hölzernen ton seiner gepeinigten stimme, wie wenn das leid der tierwelt ungeschlacht und schrill aus der tiefe schallte.«

so geht Klingsor? na, muss mal weiterlesen, das hat noch keine stimulierende wirkung.
»tief genießend schlürfte er den dunklen wein dieser worte. wie schön, wie innig und zauberhaft war das: oh du mein phosphor« … ich bekomme angst: wie sehr ist dichtung bedroht vom weiterschreiten der zeit! und dann denke ich schnell: »der du von den himmeln bist«. »freedom's just another word for nothing left to lose«. »einsamer nie als im august«. und denke, es gibt auch nichtbedrohte dichtung. auf seite 159 lese ich: »voll wollust und voll ekel vor der wollust«. ich schau nach rechts und zu ihm auf: ist das da dein problem?

*

der klingelton ist schwul … den würde ich gerne hören, aber natürlich wage ich nicht, zu fragen. das handy gehört einem kind. ich weiß schon, dass das wort schwul inzwischen zur mehrzweckwaffe mutiert ist. aber oft wird es auch noch im herkömmlichen sinn benutzt.
war H.H. schwul? neuerdings ist das ein thema, auch unter besuchern. schlaumeier reden von der stelle in »Unterm Rad«, wo Giebenrath und Heilner sich küssen – »langsam streckte Hermann Heilner seinen arm aus, fasste Hans an der schulter und zog ihn zu sich her, bis ihre gesichter einander ganz nahe waren. dann fühlte Hans plötzlich mit wunderlichem schreck des anderen lippen seinen mund berühren« …, reden davon, dass es in allen romanen männliche paare gibt, die

noch schlaueren verweisen darauf, dass ja alle romane Hesses fragmente einer einzigen autobiographie seien und demnach ... ich sage vorsichtig, dass die paare vielleicht auch nur spaltungen ein und derselben person sein könnten, bringe das wort polaritäten, synthese von gegensätzlichem, binäre semantische opposition ins spiel, ... das gefällt ihnen nicht. sie haben was rausgefunden, sie beißen sich fest.
Narziss und Goldmund, diese namen! die KLINGEN doch schon schwul.
Goldmündchen heißt er dann noch. das ist doch eindeutig.
ich überlege mir einen kleinen dialog:
Thomas Mann zu Hermann Hesse: du auch?
Hermann Hesse zu Thomas Mann: ja. aber nicht so doll wie du.
laut sage ich. ist doch schön, dass wir damit heute so tolerant und offen umgehen können, oder?
aber du sagst auch selbst was dazu: »(ich) habe nie erotische beziehungen zu männern gehabt, aber die freundschaften für völlig unerotisch zu halten, scheint mir doch falsch zu sein. im fall Narziss ist es besonders klar. Goldmund bedeutet für Narziss nicht nur den freund und nicht nur die kunst, er bedeutet für Narziss auch die liebe, die sinnenwärme, das begehrte und verbotene.«, schreibst du in einem brief.
chapeau, du bist ja doch gescheit und mutig.

*

auf dem rückweg vom rechnungen rechnungen rechnungen bezahlen, will ich einen messbecher voll brombeeren pflücken zum marmelade-kochen und zwar auf dem Hermann-Hesse-weg. ich hab's aber verpasst, die brombeeren sind abgeerntet. zuhause klingelt das telephon. frau Dr. Manegold. Eva Hesse hatte einen unfall.
ich: schlimm?
sie: nein, nur blechschaden. aber sie kommt nicht. zu der lesung beim sommerfest. am sonntag. übermorgen. jetzt suche ich dringend ersatz. da habe ich an Sie gedacht. ich habe Sie damals lesen gehört, bei der Brandstätter-gedenkfeier, Emma Herwegh, das hat mir sehr gut gefallen … und Sie sind doch ausgebildet …
ich: wie bitte?
frau Dr. Manegold: ja, ich möchte, dass Sie beim sommerfest hier im museum Hesse lesen. Hesse-texte, genau genommen.
ich: (nach einer langen sprachlosigkeit) hören Sie, frau Dr. Manegold, das ehrt mich ja, aber das ist ganz ausgeschlossen. ich kann nicht Eva Hesse ersetzen. ich kann niemand ersetzen, der Hesse heißt. ich kann nicht die enkelin von Hermann Hesse ersetzen. ich kann sie nicht einmal dann ersetzen, wenn sie nur Eva wäre ohne Hesse.
frau Dr. Manegold: nein. das sollen Sie ja auch nicht. Sie machen Ihr eigenes programm … rund um das thema sommer. sommer bei Hesse. ich lege Ihnen die bändchen ins museum, da können Sie sie morgen abholen: das eine bändchen heißt sommer, das andere …
ich: äh, kann ich ein mikrophon bekommen?

sie: (deutlich überrascht, die fällt ja schnell um!) die meisten wollen keins.
ich: (sie wird schon frech) ja, aber ich schon. kann ich im stehen lesen?
sie: ja, das pult ist ja da.
ich: und musik!
sie: (seufzend – mann, hab' ich gute karten!) ich werde mich bemühen.
ich: weiß man, was sie gelesen hätte?
sie: nein. das macht aber nichts. Sie sind ganz frei in Ihrer auswahl.
ja, denke ich, wenn die not am größten ist, macht man den bock zum gärtner. und zum trost für mich selbst: wo aber gefahr ist, wächst das rettende auch.
sie noch mal: vielleicht können Sie »Iris« lesen? das märchen hat er Mia gewidmet.
ja, freundchen, erfahr' ich im internet, allen drei ehefrauen hast du märchen gewidmet, hast ihnen märchen erzählt, darüber könnte man nachdenken. ach nein, um ehrlichkeit hat er sich schon bemüht, hab' ich den eindruck. vielleicht sind die märchen, richtig verstanden, gerade keine.
nein, Hesse-fans, ihr bekommt den düsteren Hesse verpasst, ich übe das »Nachtpfauenauge« und streiche es gründlich zurecht. für frau Hangarter und mich und Hermann lese ich das gedicht von den Julikindern und für frau Dr. Manegold das vom regen, denn sie kann bei regenrauschen gut schlafen, ich auch und sicher auch noch andere. für mich lese ich den text von den flößern, als freundin vom glasmännlein und dem koh-

lenmunkpeter hat mich das schon immer interessiert und es ist ein guter, ausdrucksstarker kleiner text. und zum dessert aus »Stunden im Garten«. ich werde die hexameter rhythmisch klopfen, wie ich's in der schule musste, das bringt die zum lachen, und dann werde ich es aber natürlich lesen, gleichsam wie prosa. es ist gut, tatsächlich richtig gut. ich werde folgende stellen lesen und bitte, an hand dieser mein urteil zu überprüfen.

»schön in geraden reihen, in fünfen, stehn meine tomaten, …

saftig, sag ich, stehn sie im laub; aus den knotigen stielen
sprießen unbändig nach allen seiten die blätter,
da und dorten verbergen im grünen dunkel die grünen
jungen früchte sich schwellend zu zweien und dreien: bald werden
hochrot sie leuchten im laub. (…)
manchmal, wenn ich hier weile, halb müßig, halb fleißig, kommt lautlos
durch die dschungel des gartens und weinbergs löwe gegangen
unser kater, mein freund, mein brüderchen. zärtlich miaut er,
reibt den gesenkten kopf an mir, blickt flehend, und wirft sich
mit gelösten gliedern zu boden, zeigt bauch mir und kehle,
die er stets schneeweiß trägt, und fordert zum spielen heraus mich.
öfter auch springt er, genauestens zielend, mir rasch auf die schultern,

schmiegt sich an und verweilt, sanft schnurrend, bis er genug hat.
andere male grüßt er nur kurz im stillen vorbeischlich, ist gedankenvoll, hat im walde zu tun, und verschwindet mit dem vornehmen gang, der siamesin sohn, unser löwe.
ihm lebt auch noch ein bruder, ein ehemals unendlich geliebter,
tiger genannt, der an kehle und bauch von gelblichem braun ist,
aber die zärtlichen einst, die unzertrennlichen brüder,
einer schüssel und eines lagers genossen vor zeiten,
leben in bitterer feindschaft heut, seit mit dem hinwelken der kindheit
männerleidenschaft sie und männereifersucht trennte …«
das werde ich also lesen.
danke, Hermann, ich freu' mich ja so, wenn ich bewundern kann!

*

es ist soweit!
ich komme in meinem braven blauen kleid, aber immerhin von Peruvian Connection, sonderangebot, ein großer breiter mann ist schon eingetroffen, ich freu' mich, das ist ja der gute akkordeonspieler von pfingsten, der immer von weither herbeikommt und »Geh aus mein Herz« spielt und wir alle …, ich hab's erzählt, vor St. Mauritius. wir haben in drei minuten das programm fertig, nett,

mit profis zu arbeiten, denke ich arrogant. die menschen strömen, nicht meinetwegen, sondern wegen Eva Hesse. die arme kollegin an der kasse, jedem muss sie sagen, dass Eva Hesse verhindert ist und ich der ersatz bin. das publikum ist sichtlich enttäuscht, aber sehr zahlreich, stühle und hocker müssen herbeigeschafft werden.
das gute an so einer situation ist: du kannst es nicht falsch machen. auch die beschissenste lesung ist noch besser als das vakuum. so tröste ich mich und bin entspannt, und wenn ich entspannt bin, kommen alte fähigkeiten hoch, die man früh erworben hat wie radfahren und schwimmen.
ja, ich mache es so, wie geplant, und es gibt momente, wo man sich an die stecknadel erinnert, die man hätte fallen hören, wenn sie denn gefallen wäre. ich sage das schon, um anzugeben, aber so war es auch und ich will ja die dinge hier nachvollziehbar schildern.
sie sind alle zufrieden mit mir und ich bekomme ein stück kuchen, aufs haus. und später werden noch die einnahmen aufgeteilt zwischen dem akkordeonspieler und mir, ich bin begeistert, davon kann ich drei wochen essen-trinken-und-autofahren, »zumindest wenn ich hierbleibe« … keine ironie, es lebe Peter Camenzind!, sage ich vermessen. und still vor mich hin.

*

die Hermann-Kinder-ausstellung ist eröffnet, zu unserer freude gibt es neben den rein literarischen exponaten wunderbar versaute zeichnungen vom autor und ich

denke, das gibt wieder fingerabdrücke auf den vitrinen wie fettaugen auf der suppe und womöglich schlimmeres.
wir sitzen im »Hirschen«, ich zwischen Ulrike Längle und Martin Stockburger. ich erzähle ihm, dass ich ein buch schreibe, das ich »sex mit Hermann Hesse« genannt habe. ich muss es irgendjemand erzählen, sonst platze ich. und es gibt weit und breit niemanden, den es interessieren würde.
er grinst wenigstens ein bisschen.
Ulrike isst hirsch. sie isst den teller leer. isst sie hirsch, weil wir im »Hirschen« sind? jemandem so sprachverliebtes ist das zuzutrauen. ich kenne Ulrike schon lange, aber jetzt habe ich ihr buch »Tynner« in Marie-Claire Döpflers schrank mit Bodensee-schriftstellern gefunden und gelesen und bin so beeindruckt, dass ich schüchtern bin. ich frage nur: hat's geschmeckt? und sage nichts über das buch. dabei weiß ich doch, wie sehr man zuspruch braucht, immer wieder, auch als Bachmann-jurorin und mit anderen lorbeeren gut versorgt. ich esse leberknödelsuppe. ich habe noch nie in meinem leben eine so langweilige leberknödelsuppe gegessen. ich esse sie aber auch auf. da sitzt noch Siegmund Kopitzki, der kulturredakteur vom Südkurier, und gegenüber Jochen Greven, und alle reden über Wilhelm v. Scholz und dass er lobgedichte auf Hitler geschrieben hat und dass sie gerade ein buch machen über ihn, und dann kommt Ernst Jünger zur sprache und oben am tisch sitzt Hannelore König, die eine der letzten überlebenden Wangener Jüdinnen ist, und ich

finde es seltsam, dass wir dauernd über diese fast-nazis reden, aber solche paradoxen zwänge gibt es. ich lächele ihr zu und sie lächelt zurück, denn wir haben einmal nett zusammen gesoffen im hotel in Marbach bei der Forum-Allmende-tagung, wir sind beide hier am see geboren und wir kannten und kennen eine menge leute gemeinsam, das gibt gut zwei viertele für jeden, Uhlbacher, wie der herzog Ulrich in der Nebelhöhle. Hannelore König war staatsanwältin und ist eine stupende erzählerin von jüdischem leben und jüdischem schicksal hier an Süddeutschlands lieblicher küste im schaurigen zwanzigsten jahrhundert.
nach einer weile erzählt Jochen Greven dann aber Nonnenmann-geschichten, wie dieser zu seiner nachbarin sagt, fühlen Sie mal meine seite, da fehlen drei rippen, oder er sagt, hmm, köstlich, probieren Sie mal dieses gulasch von meinem teller und stoßen Sie sich nicht daran, dass ich offene tuberkulose habe. oder wie freunde ihn aufnahmen und die hausfrau seufzend sagte: ich hab' das bucklicht männlein im haus. oder sein lustiger selbstmordversuch.
ich halte das fest, damit es nicht gänzlich verloren geht, wir hier unten lieben Nonnenmann und halten ihn für einen sehr GUTEN. die eröffnung der ausstellung war klasse, Kinder, Kelter im zwiegespräch, meine chefin glänzte mit einer witzigen einführung, da bin ich dann stolz auf unseren betrieb.

*

ich geb' mal »pietismus« bei Google ein.
und »pietismus und sexualität«.
ich erfahre nach und nach so allerhand.
ein pietistisches erziehungsprinzip ist die brechung des willens des kindes. es besteht ein außerordentliches interesse für das seelenleben, ein streben nach vollkommenheit, nach geistiger wiedergeburt und erneuerung.
und zu »pietimus und sexualität« gibt's eine ganze interdisziplinäre tagung!
man lernt:
»vor, während und nach der ehelichen beiwohnung muss die allgegenwart Gottes vorgestellt werden.
die beiwohnung muss als gottwohlgefälliges werk verrichtet werden.
eheleute dürfen sich nicht gegenseitig zur lust reizen, denn dann leben sie in der sünde der lustseuche.«
so nämlich Johann Jakob Moser in: »Theologische Gedanken von der ehelichen Beiwohnung unbekehrter, erweckter und wiedergeborener Personen«, Leipzig 1743, neu Leipzig 1900.
ich erfahre auch: vorbildlich in sachen eheanbahnung war eine passive haltung und zwar bei frau UND mann. alles lag in Gottes hand. vor allem wird gebetet um erkenntnis, ob Gott diesen ehestand mit seiner gnade beseligen wolle.
Und: überraschung! die frauen! »im frühen pietismus wurde eine intellektuelle und humanistische ausbildung von mädchen positiv bewertet«!
ich habe keine lust, laienpsychologisch aus der pietistischen herkunft meines freundes irgendwas abzuleiten,

aber Eva Eberwein sagt, dass Hermann Hesse niemals geheiratet hat, sondern immer geheiratet wurde.
man könnte also sagen, er konnte jeweils im doppelten sinn nichts dafür. und wir sind wieder beim theodizeeproblem, ob Gott wohl gut ist oder bloß allmächtig.
und: Kamala ist, außer schön, auch klug!

*

heute morgen kam im radio, Salman Rushdie halte Gott für eine lächerliche idee.
lächerlich?
die idee »Gott« bekommt man so mit zwei, drei jahren vermittelt. so nimm denn meine hände(chen) und führe mich. ich kann allein nicht gehen, nicht einen schritt. wo du wirst gehen und stehen, da nimm mich mit. unablässiges piepiep der jungen haubentaucher am steg. das ist die situation, geistig und körperlich: lustvolle totalabhängigkeit. DA wird dir von Gott erzählt. mit einer bilderbibel. und diese glaubensphase streift man nicht ab wie eine schlangenhaut, sie bleibt erhalten, listigerweise unterhalb der verstandesgrenze – weil halt geformt, bevor man einen hat – und wächst sachte mit. um lächerlich zu sein, ist sie viel zu stark.
und wenn das so ein Gott ist, wie er dem kleinen Hermann vermittelt wurde, der einem erst ein triebleben einrichtet und dann unter die bettdecke schaut, was machst du da? so, und jetzt kommst du in die hölle – dieser paradoxe Gott ist keine lächerliche, sondern eine fürchterliche idee.

ist er darüber hinaus auch noch eine GUTE?
ich habe, wie alle, mein religiöses erleben mit drei jahren ausgebildet, mein liebergott ist eingeschweißt in klarsichtfolie und wohnt im herzen. er entzieht sich meiner beurteilung. mein glaube ist so groß und so klein wie ein senfkorn. oder, nicht so biblisch ausgedrückt, ist's wie mit der beziehung zu meiner gesichtscreme Nutrix von Lancôme. ich bin voller zweifel und kauf' sie lebenslang.

*

frau Hangarter schickt mich vitrinenputzen: das fernsehen kommt, das Saarländische.
diesmal die vitrinen nicht im Hesse-haus, sondern im museum, achten Sie auch auf die verglasungen der unterschränke.
ich freue mich. dies ist eine praktische tätigkeit, von der ich weiß, dass sie mit geistigem gewinn verbunden ist.
ich beginne in der archäologischen sammlung unterm dach, den funden aus der neusteinzeit hier am see um uns herum. die seit neustem weltkulturerbe sind. ein teil des weltkulturerbes, sage ich. ein kleiner teil, ein partikel. aber, denke ich und ergreife die flasche mit glasreiniger, wie ich zu sagen pflege: in diesem museum steckt der liebe Gott im detail. von der stichprobe auf die grundgesamtheit schließen, frau, das hast du doch mal gelernt, zu Luhmanns zeiten an der uni in Bielefeld.
nutze den tag.
in der mitte des raums steht gleich eine, vom standpunkt des vitrinenputzens aus gesehen, große herausforderung:

ein verglaster kasten, in dem ein pfahlbau nachgebildet ist, aus zurechtgestutzten ästen, mit schnur verknüpft. ein stockwerk ist eingezogen über den pfählen, das ist dann ja eigentlich das parterre, denn das wirkliche parterre ist der Bodensee. dort steht ein mann mit nacktem oberkörper und einer geschlitzten kniehose und zieht die schnüre fest, ein anderer kniet auf dem dach und stopft das ried zwischen die sparren, er hat einen pullover an, vielleicht ist es draußen kälter. das alles von der wirklichkeit aus betrachtet etwa im maßstab eins zu zwölf, schätze ich.
eine noch größere zumutung für reinigungskräfte ist das dorfmodell »Hornstaad-Hörnle«. ich messe (elle!): das ganze ist bestimmt sechs quadratmeter groß und wird von einer fünfzig zentimeter hohen glaswand umrandet. darüber hinaus gibt's fünf von oben bis unten verglaste schränke. ich beschließe, mich nach jedem, blank- und transparent geriebenen objekt ein bisschen auszuruhen. ich versuche, mich in frau Neolithikum hineinzudenken. sie musste dort auf der »mahlplatte« mit hilfe des »läufers« nacktweizen, emmer, sechszeilige gerste und leinen schroten. sie hatte auch schon so etwas wie eine sichel fürs heu für die tiere, denn auch die gab's. eine waldweide gab es, dort wurde laubheu gesammelt, ebenfalls als viehfutter.
in jedem glasschrank dominiert der silex, der »stahl der steinzeit«, manchmal auch feuerstein genannt. feuersteine sammelten wir als kinder, da waren es die weißen, wenn man die aneinanderrieb, roch's nach schwefel und hölle, ein starkes material auf jeden fall.

vielleicht war die hier dargestellte epoche eine übergangszeit – sie haben auch gejagt, die pfeilspitzen zeugen davon, und fische gefangen, da liegen »netzsenker«. ein gegenwärtiger historiker schreibt über das ackerbebauen und sesshaftwerden, dass es eine art selbstversklavung bedeutet hat, von der die menschheit sich nie mehr erholt hat. wie frei waren die jäger und sammler! fischen und jagen lieb' ich so sehr! Rohtraut, Schön-Rohtraut!

könnte ich jetzt drüber nachdenken, aber schrank drei ist an der reihe. was für flächen! und immer muss man mit den augen ganz nah ans glas herangehen, weil schon der kleinste veränderte blickwinkel flecken verbirgt. schöne gefäße hatte sie, die steinzeitfrau, aus keramik, die würde ich mir auch in die küche stellen aufs wandbord.

muss ich die leuchttafel putzen? die leuchttafel, auf der die phasen der bauentwicklung des dorfes Hornstaad farbig gezeigt werden? ich beschließe: nein. sie leuchtet so überirdisch schön und bodenseetief blau, dass kein besucher auf fingerabdrücke oder fliegenexkremente achten wird. spinnen und weben kann frau Neolithikum auch, wie gezeigt wird, und so weiß ich, wie der mann auf dem dach zu seinem pullover kommt. zum gesichtwaschen benutzte sie ein schwämmchen aus moos.

sonst ging sie ja wohl in den see, wie ich, wenn ich mein bad an feriengäste vermietet habe. aber im winter? hygiene im winter in der steinzeit – ein finsteres thema, denke ich.

kleine bohrer gab es, mit denen wurden kalksteinperlen gelocht und die steinzeitfrau konnte sich ketten fädeln.

geflochtene reste von irgendwas weisen auf eine handtasche aus bast hin ... hatte sie also auch. eigentlich hatte sie ziemlich alles. ich freunde mich ein bisschen an mit dieser auf den ersten blick so unwirtlichen zeit.

*

ich möchte nicht so einen schnabel haben wie ein storch. so etwas langes, hartes, trockenes und bis weit weg vom gesicht. keine weichen warmen lippen, um sie auch an weiche warme lippen zu drücken, die zungen ineinander zu schlingen, sich zu küssen, bis der ganze körper vor lust bebt. ob so ein gefiederter eiförmiger körper vor lust beben kann? sie machen ja was mit dem mund, das sogar bei manchen vogelarten schnäbeln heißt. und das klappern der störche mit nach hinten geworfenem kopf klingt schon ekstatisch. aber ein echtes äquivalent für küsse scheint das alles nicht zu sein. das geht mir durch den kopf zwischen Bankholzen und Moos, weil ich auf der wiese vom bus aus einen storch sehe. ich sehe auch, dass er eben mit diesem schnabel, und ganz ohne sich zu bücken, was vom boden aufpickt und vermutlich verschluckt und vermutlich ist es was lebendiges, ich bin zu weit weg, um es zu erkennen, gottlob. die natur wieder mit ihrem unerbittlichen entweder du oder ich. ich nehme an, dieses picken ohne bücken ist es, was mir den schnabel zwar als evolutionär sinnvoll, aber von der mitleidsethik her als abstoßend erscheinen lässt.
vom storch kommt man gedanklich auf kurzem weg zum kinderkriegen.

es fällt mir also weiterhin ein: wenn männer die kinder kriegen würden, nur sie, was für einen bohei würden sie machen! alleinstellungsmerkmal! und bei jeder geburt wären dreißig leute um den gebärenden herum und wenn sich das köpfchen zeigt, Bayreuth-applaus und standing ovations.
und weiter überlege ich, wenn die drei romane, die Annette Kolb geschrieben hat, von einem mann geschrieben worden wären, wäre sie nicht so vergessen. sie wurde seinerzeit mit Thomas Mann und Hermann Hesse in einem atemzug genannt. nur, ein mann hätte sie, die drei romane, nicht geschrieben. es nicht gewollt und nicht gekonnt. ob frauen und wenn ja, aus welchen gründen, anders schreiben als männer, darüber denke ich ein andermal nach oder gar nicht. mal sehen, ob man da Virginia ins boot holen kann.
das alles wollte ich gar nicht erzählen, beziehungsweise ist es nur lose verknüpft mit …: so um 16:55 uhr auf St. Mauritius, diese uhr ist die maßgebende, nur SIE kann mit glockenschlägen das schlüsselklappern untermauern, gehe ich – also schlüsselklappernd – die treppen hinauf, ganz hinauf bis unters dach zum weltkulturerbe, zur steinzeit. unter den dachschrägen – der raum ist schon maihaft erwärmt – rufe ich klangvoll (kleine terz): wir schlie-ßen, lausche kurz und tue, was ich angekündigt habe, ich schlie-ße. den raum zu.
dasselbe mache ich eine treppe tiefer im labyrinthischen Hesse-bereich. wir schlie-ßen. ich horche kurz und tue es, ich schließe. ebenso im erdgeschoss. so läuft es immer, so läuft es heute.

meine freundin Ingrid wartet schon, wir werden mit ihrem auto nach und zur Meersburg fahren. dort treffen sich alle zwei monate eine zufallsstichprobe Baden-Württembergischer schriftsteller der regionalliga zum picknick und anderen aktivitäten. sie lesen sich gegenseitig texte vor, die sie selbst geschrieben haben, und sagen sich gegenseitig, wie schlecht die sind. dort wird auch, einmal im jahr, die »Gesprochene Anthologie« vorbereitet, wo geliebte und vergessene dichter vorgestellt werden, und ich will Annette Kolb vorstellen, unbedingt, und deshalb muss ich heute pünktlich hier weg und pünktlich in der burg sein, mehr als fünf geliebte, vergessene autoren kann der abend nicht verkraften; und die plätze sind schnell vergeben.
und als ich in der neuen woche wieder ins museum komme, erfahre ich: du hast einen gast eingeschlossen. DU HAST EINEN GAST EINGESCHLOSSEN! ich habe einen gast eingeschlossen! ich habe eine alte frau eingeschlossen! sie hatte nicht einmal ein handy!
sie irrt hilfesuchend von fenster zu fenster, die sie nicht öffnen kann – sie ruft, macht zeichen, drückt alle klinken, schreit – nichts. sie muss bleiben bis zum andern morgen, muss auf den harten brettern schlafen ohne decke, was soll sie trinken, essen, wo soll sie sich erleichtern, gibt es gefäße, nein, an die keramikvasen aus dem neolithikum kommt sie nicht ran, sie hat nichts, um die scheiß-scheiß-scheiß vitrinen zu zertrümmern, sie zieht den schuh aus und haut mit dem absatz aufs glas, nichts passiert, sie wird platzen, ich habe meine mutter gepflegt bis zum tod, sie hat nicht gelernt, in

eine windel zu pinkeln, ältere menschen sind so wohlerzogen, dass sie lieber explodieren, als in ihre handtasche … jemand hat die frau gestikulieren gesehen. meine kollegin war noch da, sie hat sie befreit. sie war gar nicht vorwurfsvoll, sie gab sich selbst die schuld, glühende kohlen für mich.
ich grübele vier pfingsttage lang über mein fehlverhalten nach, dann stelle ich mich: ich gehe zu frau Dr. Manegold und sage ihr: ich habe einen gast eingeschlossen.
ich erfahre:
es gibt da oben bewegungsmelder. wenn sie sich weiter umherirrend und gestikulierend bewegt hätte, wäre sie irgendwann ins blickfeld derselben geraten. ohne blaulicht wäre still und heimlich die polizei gekommen – warum still und heimlich? auch das erfahre ich bei dieser gelegenheit, – auch ich könnte im notfall auf diese art die polizei rufen, sogar mit einem pistolenlauf im rücken, und die polizei könnte sich unauffällig nähern und mich retten, wenn's nach der reise von Radolfzell her noch was zu retten gäbe.
also wäre sie befreit worden über kurz oder lang. aber verborgen geblieben wäre es nicht. notiz im Südkurier. und ein findiger BILD redakteur liest diese.
»museumsbetreuerin schließt gast ein! frau mit drei bypässen und schwerem diabetes in höchster gefahr! siehe s. 3.
die museumsbetreuerin ist hobbyschriftstellerin und wollte zu einem schriftstellertreffen, hatte es daher eilig und beachtete nicht, dass eine alte frau noch Hessegedichte, von Hesse persönlich gesprochen, mit kopf-

hörern hörte und schloss diese bei dienstschluss im museum ein.
schuster, bleib bei deinem leisten! bzw. solche leute werden von unseren steuergeldern …«
es wird mir nicht übelgenommen. jedem kann es passieren. ich soll noch mal alle warnen. und in zukunft noch besser aufpassen.
und doch. aufmerksamkeitsdefizitsyndrom. zu all den anderen defiziten dieses noch dazu. es passiert NICHT jedem, es ist MIR passiert. semper aliquid haeret. du wirst schon sehen.
das museum wird demnächst umgestaltet. so heißt das und dann kommen die leute von McKinsey! dann schieben die besucher ihr kärtchen in einen schlitz und die türen öffnen sich wie von geisterhand. erklärungen rieseln sanft von der decke, die toiletten reinigen sich selbsttätig, die blumen sind aus stoff. es gibt inzwischen sehr schöne stoffblumen, man muss sie nur ein bisschen mit duftöl besprühen. man braucht keine betreuerinnen, die mit dem küchenmesser im garten herumstolpern und sträuße binden. aprilsträuße. maisträuße. junisträuße. 2. JULIsträuße.(Hesses geburtstag!) man braucht keine hausfrauen und rentnerinnen mehr, man sagt es ihnen freundlich und du, Felicitas, wirst die erste sein.

*

im ersten stock finden Sie vor allem Hesse-dokumentation und andere autoren aus der region, sage ich zu den besuchern im rahmen meines kurzen prägnanten

teasers, während ich die eintrittsbons über den tresen reiche … bei andere-autoren-aus-der-region fange ich an, beziehungsweise, setze ich fort. das vitrinenputzen. hier scheint grad die sonne so schön und die fensterkreuze werfen gewellte schatten, die wellen kommen von den gewandfalten der weißen vorhänge aus leinen oder sonst einem ehrwürdigen material. hier sind die vitrinen schräg, die glasplatten stoßen zeltartig aneinander, laden nicht so zum aufgestützten betrachten ein, gut für mich. die erste schräge überdacht nachrichten vom Oberbühlhof. hochverdiente menschen werden hier vorgestellt, Walter Trier weilte hier, der Erich Kästners bücher illustriert hat, und die gezeichneten Pünktchen und Pony Hütchen kann ich vor mir sehen, wenn ich die augen schließe, vor allem aber Udo Rukser, konsequenter antinazi, jurist, obstbauer, kunstsammler, imker, schafzüchter (in Chile), zeitschrift-gründer (deutsche blätter), biograph von Ortega y Gasset … das lese ich alles später bei unserem vielfachen gewährsmann Manfred Bosch in »Hiergeblieben« … werden also vorgestellt, ich gehe aber schnell weiter. ich kann meiner mutter immer noch nicht verzeihen, dass sie mich mal hier für vier wochen entsorgt hat in einer gruseligen Addams Family, die ja auch nur lustig ist, weil sie gezeichnet ist und in keinem fall aus fleischundblut.
das andere zeltdach beschirmt Jacob Picard, den chronisten des Judendorfs Wangen, den erzähler vor allem des gelingenden miteinanders von Juden und Christen, ahnte er, was das für ein einmaliges modell war? er hat gesagt: ich lebe seit dreihundert jahren am Bodensee.

und wollte sicher sagen: wir können das zusammen.
Hans Leip daneben, Lili Marleen, »Jan Himp und die kleine Brise«, das buch vom golfstrom: »Der große Fluss im Meer« – ich glaube, als schriftsteller unterschätzt und ein opfer der epoche, in der viele opfer und täter zugleich waren, weil sie sich durchlavieren mussten und da wird jeder schuldig.
denke ich politisch korrekt und putze die flecken weg.
ich hab ihn grad besucht, den Hans Leip, auf dem Horner friedhof, ganz, ganz hinten, er ist mehr als neunzig jahre alt geworden. dann hat er gesagt, was jeder sagt, der hier steht hinterm Horner kirchle mit dem blick rundherum über die streuobstwiesen zum see, übern see bis zur seligen insel Reichenau: »hier möchte ich begraben sein«.
vielleicht hat er das aber auch nicht gesagt. es gibt gerüchte, er liege da nur zum schein und in wirklichkeit habe man seine urne in seinem garten in Fruthwilen vergraben.
zurück im museum kläre ich das. denn – wie könnte es anders sein – Manfred Bosch hat in seinem »Spuren-Heft« über Hans Leip die wahrheit festgehalten: umgekehrt wars! Hans Leip und seine frau waren im Garten in Fruthwilen begraben und seine tochter hat die beiden später »umgebettet«, hier nach Horn.
und warum, das wissen wir nicht.
vielleicht fand auch sie die aussicht so schön, genau wie ich.
auf einer tafel an der mauer vom geliebten Horner kirchle steht: »Wenn ich nicht der Großherzog von Baden

wäre, wollte ich Pfarrer in Horn sein.« (sagt Friedrich I. von Baden)
es ist eben so, alle sind bezaubert von dieser einmaligen stelle der welt.
dann kommt, vitrinenmäßig gesehen, mein held, der verleger Weller, er hat Erich Kästner entdeckt und verlegt, hier in Horn, im nachbardorf, und »Transit« von Anna Seghers 1946, den experimentellen roman einer kommunistin rötesten wassers, es ist der einzige, den ich kenne. Saramago muss ich noch lesen.
Jochen Greven, sogar ein guter bekannter von mir, er hat Robert Walsers comeback mit initiiert. Bruno Epple, Werner Dürrson haben gedichte auf papptafeln, immerhin. »hier dämmert Deutschland am schönsten.«

*

ich habe Annette Kolb vorgestellt bei der gesprochenen anthologie auf der Meersburg vor gut gefülltem saal. ich habe versucht, sie zu schildern, das gnädige fräulein, so wollte sie angesprochen werden, das siebenundneunzig jahre alt wurde und immer eine jungfrau blieb, halb Bayerin, halb Pariserin, die achtzehn jahre im exil lebte, im ersten weltkrieg, weil sie die franzosen liebte, und im zweiten, weil sie die nazis hasste. ich habe gesagt, dass sie, zu vielem anderen hinzu, drei romane geschrieben hat. ich sage, dass alle drei romane biographisch grundiert, aber untereinander ganz verschieden sind. mir am liebsten sei vielleicht der erste: »Das Exemplar«, wo sie sich als literarische verwandte von Virginia Woolf

zeigt, die sprache sei eine art bajuwarischer stream of consciousness. behaupte ich.
ich stelle den zweiten roman vor, »Daphne Herbst«. ich erzähle Ihnen, sage ich zum publikum, nicht den sehr dramatischen und absolut zwingenden inhalt, ich kann nur kostproben anbieten. ich lese ein stück vor. ich bin verliebt in diese elegante, musikalische sprache, ich bemühe mich um klangvolle wiedergabe der französischen zitate. »Sa mère est déjà comme ça auf der Brennsupp daher geschwommen …«
ich strenge mich an, ich will Annette Kolb der vergessenheit entreißen, he, leute, hier gibt's jemand zu entdecken, eine tapfere, gute schriftstellerin! das gibt's nicht so oft!
ein von mir geschätzter dichter nimmt mich im auto mit zurück zum anderen Bodenseezipfel. er habe mir aufmerksam zugehört, sagt er. mit der Annette Kolb könne er aber nichts anfangen: das sei doch frauenliteratur.
ich denke erschrocken: oh, dann habe ich's nicht gut gemacht. ich habe zu sehr auf ihren charme, auf das leichte, das unterhaltsame gesetzt. ich habe ihr einen bärendienst erwiesen.

heute nacht habe ich von Annette Kolb geträumt.
ich habe sie oben im bereich neusteinzeit eingeschlossen. ich finde den schlüssel nicht. ich muss die polizei rufen. die polizisten kommen zu zweit, sie haben einen schlüssel, wir betreten die archäologische sammlung, die seit diesem jahr weltkulturerbe ist.

Annette Kolb ist nicht aufgeregt. sie hatte zum glück ihren regenschirm dabei und hat die vitrinen zertrümmert. sie hat sich das moosschwämmchen angeschaut, mit dem frau Neolithikum sich im Bodensee das gesicht wusch, deren webstuhl, ihre tongefäße, und hat sich dann auf den boden gesetzt. es gab bekanntlich kleine bohrer in der steinzeit, mit denen wurden kalksteinperlen gelocht. die perlen hat Annette jetzt auf dem schoß und fädelt sie auf. dafür hat sie aus dem rechten schuh das schuhband rausgezogen. sie hat die kopfhörer auf, auf denen Hermann Hesse spricht. ah, sagt sie, »Im Nebel«! Hermann Hesse! même editeur que moi. S. Fischer. Bon garçon, Hermann Hesse, courageux contre les drecksnazis.
jetzt moag i a brrotzeit.
dann schaut sie mich an.
des machst fei nimmer, madel, oite weiber einschließen, net die von jetzt und net die von früher!
ich knie mich neben sie und schaue in ihr elegantes schafsgesicht. sie kann gedanken lesen, wir sind ja im traum.
ja, des hot der Thommi über mi gschriebn im »Faustus«. perfide!
ich sage: verehrtes gnädiges fräulein, ich habe die von jetzt eingeschlossen, weil ich es so eilig hatte, die von früher aus dem »früher« zu befreien!
ja, mais tu n'as pas trouvé le bon schlüssel, n'est ce pas?
ich helfe ihr auf die beine und wir gehen samt den polizisten in den »Hirschen« und essen Schweizer wurstsalat und trinken Paulaner Weizen dazu.

*

ich bin wieder im bus von Bankholzen nach Moos. kein storch auf der wiese, sie sind alle nach süden geflogen und helfen mir nicht, die geschichte rund zu machen. aber da fällt mir noch etwas ein! Annette Kolb hat lebenslang verschwiegen, dass ihr vater der illegitime sohn des Bayernkönigs Max, sie, Annette, also eine angehörige des hauses Wittelsbach war. nur ihrem freund René Schickele hat sie es anvertraut. der, wie alle schriftsteller, konnte den mund und die tinte nicht halten und so ist es doch auf uns gekommen. und bei diesen geheimnisvollen geburten ist ja gewiss immer ein storch dabei!

*

jetzt kommt ein vom vitrinenputzstandpunkt aus günstiger zwischen-raum (so gut wie keine! vitrinen!), der das heilige vom profanen trennt, den Hesse-bereich von der kreisliga.

hier ist eine art installation untergebracht, die ich sehr bewegend finde. sie heißt: »Das Schicksal eines Bildes«. es verhält sich so: es gab den Walter Käsbach, dem die Höri alles und alle verdankt. er hat sie hergeholt in die etwas geschützteren grenzgebiete zur Schweiz, die entarteten und verfemten und ausgebombten bildenden künstler – den Dix, den Macke, den Heckel, den Ackermann, den Macketanz, den Kindermann, die Herzgers …

als er noch jung war, im jahr 1914 nämlich, da hat er gern abends vorgelesen, und der Erich Heckel und seine Siddi haben ihm gern zugehört.
daraus enstand das bild von Erich Heckel: »Beim Vorlesen«.
und dieses bild nun hat eine epochengeprägte geschichte. das sammlerehepaar Ludwig und Rosy Fischer hat es 1914 gekauft.
der sammler starb, die ehefrau musste aus not verkaufen, das bild kam nach Halle, ich vermute an der Saale. Halle allein klingt irgendwie unvollständig.
dann kommen die nazis, 1935 wird das bild in eine »schreckenskammer« verbracht, wird bei »Entartete Kunst« gezeigt und ins ausland verkauft. der kunsthändler Karl Buchholz erwirbt es für fünfundzwanzig dollar. dann gilt es als verschollen.
1991 auf einer auktion taucht es plötzlich wieder auf, die mauer ist gefallen, 1994 kann die stadt Halle (an der Saale?) das bild zurückerwerben. da hängt es jetzt wieder auf angestammtem platz in der nunmehr staatlichen galerie Moritzburg.
soweit die exemplarische geschichte, diesmal mit happy ending.
hier haben wir eine gute kopie und zum original die vorstudien oder einige davon. fünf im ganzen und einen holzschnitt. ja, auch expressionistische bilder entstehen nicht mit links, das denkt man manchmal, sie sehen so schnell aus. hier hat ein maler sichtbar gegrübelt und entworfen und verworfen bis er zu seinem ergebnis gekommen ist, einer art sacra conversazione in einem

sakralen innenraum mit dem buch, aus dem vorgelesen wird, als allerheiligstem.
diese installation, die bildende kunst und literatur so mühelos und einsichtig verknüpft, begeistert mich. ich putze, wo es nötig ist, und platze vor stolz auf unser gescheites kleines museum.

*

unsern giftschrank mit den fast- und ganz-nazis lass' ich staubig und gehe gleich in die

*

schatzkammer: SEIN leben, abgebildet. dokumentiert und vergegenständlicht in schau-fenstern, gegliedert durch STUFEN, sanft beleuchtet mit gerastertem licht – ich hab's schon so oft gesehen, ich seh's fast nicht mehr beim polieren der senkrechten scheiben. dann aber halte ich inne, sprachlich im milieu verharrend, und schaue auf das aufgeschlagene notenbild. Othmar Schoeck, ein freund von ihm, hat »Im Nebel« vertont. die frau singt, wie man weiß, im kirchenchor, im petruschörle, in der Petruskirche in Kattenhorn mit den glasfenstern von Otto Dix, die sie inzwischen so gut auswendig kennt wie dieses gedicht ... wie geht der song?
ich versuche, vom blatt zu singen, aber da kommen gäste. Ich hab nur einen kleinen streifen papier, ich schreib die noten als buchstaben auf, c halbe note, f-g-a(halbe)-d-cis-c-f-e-e-e-e-e-es (ein-sam steht je-der

busch) g-a-a-b-g. g-as-f-ges-ges-as-b-as. ich kann das nachher zu hause auf dem klavier versuchen. schon beim anschauen werde ich melancholisch, das machen die halbtonschritte. herabgestimmt im wortsinn vollende ich das scheibenwischen, es geht hier leicht, es gibt hier nicht so viele möglichkeiten, sich auf die vitrinen zu fläzen oder auf ihnen töricht herumzufingern.

*

da sitze ich unter der Hesse-linde und vor dem Hesse-haus und es ist mai und betrachte dich aus bronze und warte auf frau Blumenbach, die wird mir die literarische wanderung erklären, die ich demnächst übernehmen soll, weil einige literarische-wanderung-veteranen aus altersgründen den hut nehmen, vermutlich sind sie weniger veteran als ich. aber ich verheimliche ja mein alter, so gut ich kann. wenn mich jemand fragt, und das tun sie ja schamlos, wie alt ich bin, dann sage ich: auf so eine intime frage gebe ich keine antwort. das verblüfft und bringt zum schweigen. bei Google habe ich schon drei verschiedene altersangaben untergebracht. aus versehen. aber das lass' ich so, es stiftet verwirrung. bei der literarischen wanderung wandert man ums dorf herum und an plätzen, die dir vielleicht wichtig waren, werden dann passende texte von dir vorgelesen. ein stationenweg, keine ahnung, ob dieser vergleich geht. mit leiden hat er allemal zu tun, er ist steil und beschwerlich und die teilnehmer an literarischen wanderungen zum thema Hermann Hesse sind in der regel nicht die jüngsten und

bei den jungen nicht die fittesten. leiden auch für mich, vorläufig, insoweit lernen leiden ist. es braucht nämlich basiswissen und das muss geschickt eingestreut werden. unser freund hat ja hier um die häuser auf jeden fall gelitten.
mir fällt ein und auf, dass Hesse gut ist im namen finden. Gerbersau, schöner signifikant, schlaues signifikat – die gerber an der fluss-au, der Nagold. Giebenrath, klasse name, ganz natürlich, wie aus dem telephonbuch. Rösi Girtanner im »Camenzind«, man sieht sie vor sich. Thomas von der Trave für Thomas Mann im »Glasperlenspiel«, herzlichen glückwunsch.

*

frau Blumenbach hat nur eine stunde zeit. die heftigen steigungen will sie mir nur von weitem zeigen.
frau Hangarter, angestiftet von frau Blumenbach, hatte mich gefragt, ob ich die literarischen wanderungen mit übernehmen will. ich weiß, dass das eine große ehre ist, aber sie hat mir auch gerade mal wieder einen nachmittag weggenommen und benutzt das als trostpflaster. es ist willkommen, man bekommt fünfundsechzig Euro für die jeweilige durchführung. ich bitte also die bezaubernde frau Blumenbach, mich einmal probeweise zu führen. frau Blumenbach ist journalistin, DIE journalistin unserer lebenswelt. sie schreibt an jedem samstag in unserer zeitung die kolumne »essen und mehr«, das sind zwar rezepte, aber mit ganz viel kulturellem hintergrund jeweils, ich habe nach ihrer beschreibung holundersirup

hergestellt, er schmeckt phantastisch. und ich erfahre zugleich: der holunder war in alten zeiten der baum des heils und schützte vor feuer, vor seuchen und vor verzauberung. frische blätter, auf die backe gelegt, halfen bei zahnweh … allerdings schmorbraten in bier, wie's heute beschrieben ist? mal probieren.
sie schreibt aber auch über alles andere, was uns bewegt, und ganz gewiss über die Hesse-tage, da denkst du wirklich, du bist dabeigewesen.
frau Blumenbach erzählt mir heiter und großzügig alles, was sie weiß, die andern literarische-wanderung-führer behalten ihr wissen lieber für sich, das-habe-ich-mir-alles-selbst-erarbeitet, das-sollten-Sie-auch-tun-dann-sitzt-es-auch-besser.
ich stelle mir die situation vor: eine busladung erschöpfter, allerdings sachkundiger und interessierter menschen sechzig plus.
wie fange ich an?
frau Blumenbach sagt, ich solle mich vorstellen.
ja, ich bin betreuerin hier im museum. spüle das vergessene gelbe in den pissoirs herunter und die herumliegenden schamhaare. sitze an der kasse und verkaufe medikamente.
nein, so nicht, aber da fällt mir schon was ein.
also, wir versammeln uns vor St. Mauritius.
erste urkundliche erwähnung 1390.
heutiger bau von 1500.
3 glocken.
die erste von 1503, die zweite von 1670, die dritte von 2007, der seligen schwester Ulrike geweiht, Ulrike

vom kloster Hegne, wo die nonnen die oblaten backen. 1712 und 1805 hat der blitz eingeschlagen.
drinnen steht normalerweise der Hl. Mauritius in seinem bereits erwähnten lockeren barocken kontrapost, als wolle er gleich weglaufen, und in der tat ist er weg, ausgelagert, denn die ganze kirche ist, wie erwähnt, vom bösen schwamm befallen und unzugänglich. trotzdem möchte ich den zuhörern erzählen, was ich inzwischen weiß, dass der Hl. Mauritius der schutzpatron der soldaten ist, der schwertschmiede, der messerwerfer, aller handwerker, die mit dunkler Farbe hantieren, auch der PFERDE – und sage, sie möchten beachten, dass tiere schutzheilige haben und dass sich das mal rumsprechen sollte.
dann führe ich meine gruppe in Hermann Hesses arbeitszimmer und bitte sie, ans fenster zu treten.
auf diesen platz, den Sie da sehen, so fahre ich fort, hat Hermann Hesse runtergeschaut.
und wenn er jetzt aus dem fenster blickte: er würde alles noch wiedererkennen. nur der seeblick ist verbaut.
an dieser stelle werde ich einen text vorlesen.
das ist ein sehr netter text.
er handelt davon, wie Hermann Hesse also am fenster steht und es ist schulpause. das, was heute das museum ist, war damals die schule. und da kommen sie angaloppiert, die buben und, langsamer, die mädchen, mit den steifgeflochtenen blonden zöpfen, man nahm zum flechten zuckerwasser, sagt frau Blumenbach. die jungen haben eine tote fledermaus zum betrachten und sie waschen ihre sacktücher im brunnen und eines davon

hat ein großes loch. und später geht Hermann Hesses frau unten vorbei und hat einen wasserkrug und beißt außerdem in eine winterbirne. und Hermann schaut nur und freut sich und geht nachher leise auf den speicher und holt auch »für mich so eine birne«.
zum vorlesen werde ich mich an H.H.'s schreibtisch setzen. ich entschuldige mich für diese vermessenheit, aber ich muss karteikärtchen ausbreiten. für die lebensdaten, lebensorte. und die zitate. zum beispiel Dr. Detmar Roloff über ADHS. und meinen mittelguten joke über das ritalin, das es damals gottlob noch nicht gab, werde ich abfeuern.
danach ziehe ich mit der gruppe in den museumsgarten. sage ihnen, dass das schule und rathaus war und zeige ihnen die außengitter der arrestzelle.
berichte, was das museum so enthält, bilder immerhin von Dix, Heckel & cie … Hesse-devotionalien und pfahlbautenrelikte, und dass unsere ausgrabungen in Hemmenhofen und Hornstaad seit diesem jahr weltkulturerbe sind. das wird ihnen gänsehaut machen, hoffe ich.
zeige auf die wiese, wo der hausmeister herr Geble die margeriten ausgespart hat beim mähen, zeige auf die akelei und und die sechsundzwanzig blautöne der blühenden iris. könnte ich ihnen jetzt zeigen. kann ich dann nicht mehr. wer weiß, was uns dann blüht.
erzähle von »Iris« und dass Hermann Hesse für jede seiner ehefrauen ein märchen geschrieben hat. und zwar? »Iris« 1916 für Mia. »Piktors Verwandlungen« für Ruth. ich hab's mir angeschaut, wir haben ein faksimile, er hat's

für sie mit der hand geschrieben und zierlich bemalt wie kirchenfenster so bunt und starr. Volker Michels hat das märchen gedeutet und die ganze Hegelsche dialektik aufgefahren und die deutung kommt mir bedeutender vor als das bedeutete, das ist eigentlich einfach, einer hört auf, sich zu verwandeln, und denkt, es ist gut, ein baum zu sein, und merkt, als baum, dass er doch ganz schön festgewachsen ist, und dann kommt ein mädchen und wird zum ast am baum und schon sind sie wieder beide beweglich und verwandlungsfähig, weil zu zweit eben alles besser geht. er arbeitet mit binnenreim in der prosa, das ist einerseits fernöstlich, andererseits progressiv.
das märchen für Ninon heißt »Vogel«.
ich zeige im garten auf die riesenphotos, – von dem, wo er tomaten anbindet, sagt meine freundin: mischung aus satyr und missionar. dann schämt sie sich und nimmt es sofort zurück. aber vielleicht kann ich sie zitieren?
auf einem weiteren photo gießt er eine sonnenblume, so hoch wie der Eiffelturm, seine ohren sind so kräftig, dass sie den strohhut einbuchten.
frau Blumenbach muss weg, wir werden eine weitere stunde brauchen für die einübung, ich habe nichts dagegen, es fängt an, mir spaß zu machen.

*

hinterm museum befindet sich, wie schon erwähnt, das Schwarzenegger-, das men's-health-des-dreißigjährigen-photo mit nacktem oberkörper und sichtbarem

bizeps und der Chiantiflasche daneben. mit bart und zähnen wie implantate.
er sieht zum anbeißen aus. man möchte über die schwellungen streichen, man will ihn berühren. wie magst du es denn, Hermann? gibt's ein vorspiel? küsse sicher, viele, sie kommen häufig vor, aber magst du's auch dreckiger? soll ich dir die ohrläppchen, die brustwarzen lutschen? die brustwarze, die rechte, da im sonnenlicht, der schwarze schatten als sekante zerschneidet sie, drittelt sie, soll ich hineinbeißen? magst du's langsam, sollen wir dabei flüstern, wörter sagen, von der nassen fotze reden und dem harten schwanz … dann ein crescendo, crescendo … heut' beim ersten mal will ich unten liegen, mich hilflos fühlen, genommen, überwältigt, und lass' dich wütend stoßen, ja, besorg's mir , ja, ja, … ach, hier sind Sie, die vitrinen sind voller fingerabdrücke, in den pissoirs steht die goldgelbe flüssigkeit knietief …
ja, ja, ich komm' ja schon, greif' mürrisch die sprühflasche und spritz' kräftig weißlichen schaum auf die glasscheiben über den hingebreiteten exponaten. kein platz für feministische pornographie hier auf diesem katholischen randstreifen.

*

weitere überlegungen mit frau Blumenbach:
ich werde »Schöpferlust« vorlesen und den »Duft der Rose«. und alles über die herstellung von kompost. all dies kann man auf metallenen tafeln hier im garten lesen und mitlesen, während ich rezitiere:

»kaum hat das gartenjahr begonnen, so gibt es auch schon abfälle, leichen, abgeschnittene triebe, gestutzte stängel, erstickte oder sonst umgekommene pflanzen und jede woche werden es mehr ...« und so weiter, der ganze prozess, und am ende macht der kompost die erde »fett und schwarz und fruchtbar«.
dann verweilen wir vor der lebensgroßen statue von H.H., aus bronze gegossen von Friedhelm Zilly, »die 2002 durch beispielhaftes bürgerschaftliches engagement realisiert wurde«.
es heißt, Eva Hesse, die enkelin, die ich meinerseits beerbt habe, habe sich grübelnd vor die skulptur gestellt und gesagt, so chätt der NIE dagschtande! und ohne es zu merken, stand sie selbst genau so da. es liegt in den genen, sagt frau Blumenbach, die dabei war.
es gibt eine glasplatte, auf der alle spender für die skulptur handschriftlich unterschrieben haben. in der mitte Volker Michels. er ist heute hier und spricht in der sonntagsmatinee über den »Wert des Alters«.
mitten in seinem vortrag schluchzt er auf.
er fasst sich wieder und sagt uns, dass gerade seine Frau gestorben ist.
ein tiefer mitleidsseufzer geht durch den bis zum letzten platz gefüllten scheunensaal.
auch meine augen füllen sich mit tränen.
danach bringt Volker Michels seinen Vortrag makellos zu ende.
ich warte auf ihn an der außentür vom Hesse-haus. ich bedanke mich für den vortrag und drücke ihm die hand. ich überlege, ob ich ihn an derselben die stufen

hinunterziehen soll und dort mit ihm das auf einer tafel befindliche gedicht »weiße rose in der dämmerung« lesen soll. ich denke da homöopathisch: ähnliches möge durch ähnliches geheilt werden. einen traurigen Volker Michels tröstet vielleicht ein trauriges Hermann-Hesse-gedicht:

Weiße Rose in der Dämmerung

Traurig lehnst du dein Gesicht
Übers Laub, dem Tod ergeben,
Atmest geisterhaftes Licht,
Lässest bleiche Träume schweben.

Aber innig wie Gesang
Weht im letzten leisen Schimmer
Noch den ganzen Abend lang
Dein geliebter Duft durchs Zimmer.

Deine kleine Seele wirbt
Ängstlich um das Namenlose,
Und sie lächelt, und sie stirbt
Mir am Herzen, Schwester Rose.

vielleicht, denke ich, könnten wir so »aus dem Traurigen etwas Schönes machen«, wie du den zweiten Band von Hermann Hesses Briefausgabe übertiteln wirst.
Marie-Claire Döpfler kommt herbei.
sie hat das buch »Vom Wert des Alters« gekauft. Volker Michels kennt Marie-Claire Döpfler.

alle kennen Marie-Claire Döpfler.
Volker Michels wendet sich von mir ab und geht mit Marie-Claire Döpfler unter die Hesse-linde, um dort, auf der bank sitzend, ihr buch zu signieren.
und da stehe ich also mit meiner verschmähten anteilnahme wie die dreizehnte fee im dornröschen und verstehe deren gefühle.

zur strafe halte ich Volker Michels eine kleine rede.
ohne ton.
du hast völlig recht, Volker Michels, sage ich, wenn du zum beispiel auf die auswirkungen oder begleiterscheinungen der Hesse-renaissance hinweist: ökologisches bewusstsein, ächtung der gewalt, antiautoritäre bewegung, pazifismus, reformpädagogik, überwindung des eurozentrismus, annäherung der kulturen, vor allem in richtung Indien und China, und wenn du weltethos und Hans Küng erwähnst – aber wenn du dann darüber klagst, dass die literaturwissenschaft Hesse nicht zu den großen zählt, ihn überhaupt irgendwie links liegen lässt, dann hast du nicht recht. ja, kannst du dir die antwort nicht selbst geben? alles geht eben nicht. die »schwingungszahl der schönheit«, der kühne sprachliche kopfsprung, das formal noch nie dagewesene, das passt nicht nur nicht zum aufklärerischen auftrag, das ist das gegenteil.
das ästhetisch wirklich vollkommene, das NÜTZT ja nicht. davon wird man nicht gesund. das von unserem gemeinsamen freund zu verlangen ist unfreundlich, herr Michels, du kennst die sache mit dem ochsen und dem rindfleisch.

die literaturwissenschaft verlangt von ihren erwählten, dass sie wie Kate Winslet und Leonardo di Caprio ganz vorne am schiffsbug schweben. und, sagt Arno Schmidt, zwischen freiheit und frechheit ändert sich nur ein buchstabe. und meint wohl, dass das geschwister sind. Ja, Hesse kann ironisch sein, aber Cervantes und Sterne und Jean Paul konnten das besser, ja, Hesse schreibt manchmal richtig nette dialoge, aber wie gut sind die dialoge im »Stechlin«! »Stufen« ist ein gutes reflexionsgedicht, aber gleichzeitig gibt's die »Morgue«-gedichte und die »Duineser Elegien«.
und so weiter, und so weiter. aber, und das sage ich auch zu mir selbst, einen mangel an avantgardistischem kunstwollen kann man doch jemand nicht vorwerfen, der »keine trennung zwischen ethik und ästhetik zulässt«, wie du ja auch ganz deutlich bemerkst.
zurück zum Hermann aus bronze.
von ihm aus werde ich meine gruppe wegführen, durchs dorf, an den blühenden malven vorbei, falls es juli ist, und zum Finckh-haus.
was sagt frau Blumenbach zu Finckh? sie will ihn aus der schusslinie holen ... wegen seinem esel Lump und seinem hund Isolda und wegen schatzi und mausi und herzi zu seiner frau. und wegen heimatschutz und Hohenstoffeln-rettungsaktion. und weil er ein indianerbruder von Hermann Hesse war, Winnetou und Old Shatterhand am Bodensee, und sie zitiert Hugo Ball: »der ganze Untersee gehört ihnen: von Stein am Rhein bis Konstanz und von Radolfzell bis nach Steckborn hinüber ... sie haben da ihre segelboote und

obliegen der natur und dem schmetterlingsfang. sie angeln und segeln und betreiben gartenbau und kinderzucht. sie führen ein jäger- und fischerleben wie nur Walt Whitman auf dem Michigan-See und Hamsun oben in seine fjorden. Hesse … ist dabei der scheue prinz, dem … die kraftworte nicht ohne weiteres über die zunge wollen.«

aber 1933 unterschrieb Finckh das gelöbnis treuester gefolgschaft für Adolf Hitler und er lernte auch nichts dazu.

H.H. schrieb über Finckhs autobiographie »Himmel und Erde«: »das buch eines alten vernagelten nazis, der zwölf jahre lang heil Hitler geschrien hat und es am liebsten wieder täte.«

ich stehe vor Finckhs haus.

dach, dach, dach! die ziegel, die biberschwänze heißen? wunderschöne rottöne auf jeden fall.

ein riesiges satteldach, darauf fünf pultdächer über gauben und der eingangstür. links quillt die linde, rechts der nussbaum.

sprossenfenster, grüne läden, eierschalenfarbiger putz an der spärlichen wand. breit lagert im hohen gras das haus so gemütlich wie eine wiederkäuende kuh.

bänkchen neben der haustür.

jägerzaun ums ganze herum. muss mal schauen, ob der Finckh knickerbockerhosen trug. das ist mein bild von alten nazis. von hier aus, sagt frau Blumenbach, konnte man zu Hesses haus hinüberschauen. jetzt sind die bäume dazwischen zu hoch. der architekt war derselbe.

*

ja, es sind biberschwänze. und die gegenwärtigen bewohner heißen Mattenklott. das ist doch ein name, den man bei Wikipedia finden müsste. fronleichnam heute. ich geh' den Döbeleweg ins tal hinab und gleich wieder bergauf, vorbei an Christiane Mandelkows geheimer himbeerenhecke. noch immer meine schwestern, die gelben schwertlilien, noch immer zumindest im schatten frisch und strahlendweiß der holunder. sie lassen dies jahr lange das gras stehen, man kann die vielfalt der rispen bewundern und festellen, so vielfältig sind sie gar nicht, sie wechseln nur geschickt ab, und zwar die arten sowohl wie die grade des erblühtseins. drück' ich mich verständlich aus? vielleicht muss man es im folgenden sommer nachvollziehen.
ich werde meine gäste zwingen, wie Orpheus nicht zurückzuschauen, und erst oben auf dem berg dürfen sie sich umdrehen. ÜBERRASCHUNG! OH und AH will ich hören! der ganze Untersee! ein riesiger flach hingebreiteter halbierter trichter, gegenüber die Thurgauberge mit dem gezogenen milchzahn der Berlinger kirche, und immer weiter glänzt und schimmert es, entlang Arenenberg bis Konstanz, links dann die gesamte Reichenau, die selige insel, und noch weiter links, oh-täler-weit-oh-höhen-du-schöner-grüner-wald, schaut man zum Horner kirchle, wo man das dann alles eine etage tiefer sieht. dahinter wären die Alpen, wenn ich glück habe und föhn ist.

sie dürfen sich setzen, nur eine bank steht da, also sitzen im schichtwechsel.
hier lese ich Hesses »Untersee«, »wo kilometerweit fast ohne jede künstliche unterbrechung das stille flache ufer unzerstört wie in urzeiten mit schilf und gebüsch, mit jungem fischgewimmel und mit enten- und kiebitznestern sich erstreckt ...«, und ich bin mal nicht kulturpessimistisch und sage, vielleicht nicht kilomerterweit, aber doch hundertemeterweit kann man das immer noch so finden, denn man muss alte literarische-wanderung-teilnehmer auch ein bisschen glücklich und hoffnungsvoll machen. noch zwei gedichte, »Julikinder« und »Abends« ... »abends gehen die liebespaare / langsam durch das feld / frauen lösen ihre haare, / händler zählen geld, / bürger lesen bang das neuste / in dem abendblatt, / kinder ballen kleine fäuste, / schlafen tief und satt /« ... das muss ihnen doch gefallen!
am grillplatz kommt als nachtrag noch ein bisschen biographie. und die »Indienreise« will ich den gästen vorstellen, ans herz legen, denn was freunde für einen dichten und zeichnen, zeigt auch den freund ... scherenschnitte hat Otto Blümel gefertigt für ein schattenspiel, aufgeführt als vorbereitung auf die große fahrt, ich hab's als buch dabei, winzig die bilder und doch auf jedem der Hesse sofort zu erkennen, mit strohhut und schmetterlingnetz, und ich lese ein paar verse:

»... wo auf einem nashorn stumm
ritt der häuptling oawumm.
wie der den gefangnen sah

rief er afrikanisch ›ha!‹
lasst mich mit dem bleichen schwein
augenblicklich ganz allein!
…
i moin, dass i wetta könnt'
dass sie d'r herr Hesse send
…
gelt, wenn s' wieder drüba sind
schicken s' mir de Camenzind!«

wenn sie da nicht lächeln!

*

Eva Eberwein hat Hesses garten rekonstruiert. sie schrieb briefe an sämtliche universitäten mit gartenbaulehrstühlen und recherchierte in allen archiven. dann verwandelte sie die gesammelten informationen in wirklichkeit. sie ist biologin, sie kann es! das ergebnis ist überwältigend!
ich singe mittlerweile mit Eva Eberwein im chor, wir stehen im alt nebeneinander. ich frage sie, ob es ihr recht ist, wenn ich meine literarische wanderung auf der straße vor ihrem garten beende und die menschen in denselben blicken lasse, während ich »Stunden im Garten« lese.
es ist ihr recht.
»Stunden im Garten« ist wirklich mein lieblingstext, sage ich meinen gästen. »Stunden im Garten« ist in hexametern geschrieben. hexameter sind das versmaß

der großen heroischen epen, wie Sie wissen, der megaliteratur. Hermann Hesse hat das versmaß verwendet, um den ganz nahen, kleinen alltag zu beschreiben.
er ist nicht der erste, ich weiß. auch Mörike hat das kunstvoll gemacht.
und sicher auch noch viele andere.
aber H.H. ist geglückt, das große mit dem kleinen zu verbinden, makro und nano, die ausholende geste mit den fingerspitzen, fingerspitzen, mit denen man ein stäubchen aus dem auge fischen oder eine katze unterm kinn kraulen kann. das hat er mit bezwingendem charme gemacht, hören Sie selbst:
ich zitiere, rezitiere, die hier schon vorgestellten verse über »gießkanne«, »löwe« und »tiger«.
und nun, sage ich, passiert ein VERBRECHEN: ein journalist schreibt im jahr 1958 für den SPIEGEL die titelgeschichte über Hermann Hesse und nennt sie »in der Gartenlaube«.
»morgens so gegen die sieben verlässt ein alter mann seine stube und tritt, wie er es schildert, ›erst auf die lichte Terrasse‹. er nimmt sich den ›runden korb für das unkraut, hacke und spaten und zwei gießkannen‹, ... er ist zufrieden, denn ›schön in geraden reihen stehen meine tomaten‹,....
dann kommt ›unser kater, zärtlich miaut er‹ und der alte mann muss ›an löwen und tiger denken‹.« und so geht es weiter.
so verballhornt der journalist 1958 unter dem titel »Im Gemüsegarten« diese schimmernden, heiteren, selbstironischen daktylischen verse und knetet sie um in sein

Wikipediadeutsch avant la lettre, zerstört das versmaß, nimmt die aussagen für bare münze, für biedere notate und bastelt aus ihnen den popanz eines provinzspießers. an keiner stelle nennt er die quelle, beschreibt er sein boshaftes verfahren. wer's nicht kennt, merkt es nicht und geht ihm auf den leim.
ach, wäre er verteidigungsminister oder wissenschaftsminister(in), dass ich mit hilfe von guttenplag diesen miesen fälscher von geistigem eigentum, dessen intellektuelle verwahrlosung bloßstellen und ihn aus dem amt jagen könnte. das hat natürlich die vergehende zeit inzwischen schon längst getan.
aber der schaden war angerichtet. auch der große erfolg, den Hermann Hesse danach hatte und immer noch hat, hat diesen blick auf ihn nicht löschen können. dass es diesen blick auf ihn gibt, wäre einfach ein irrtum, bösartig finde ich, wie hinterlistig er gebastelt wurde. Hesse hat doch noch gelebt, warum hat er die kanaille nicht zum duell gefordert?
dies alles erzähle ich den literarische-wanderung-teilnehmern, ich WERDE es ihnen erzählen, ich hoffe, ich habe sie bis dahin genügend missioniert, wir sind jetzt am ende der führung eine verschworene gemeinde, ein kukluxklan gegen tückische brunnenvergifter im mediengewerbe. vielleicht kann ich sie animieren, fangesänge anzustimmen: »schiri, wir wissen wo dein auto steht!« und zum abschluss:

»die vögelein im walde
die sangen so wunder-wunderschön

Kaiserslautern
wird niemals untergehn!«

für »Kaiserslautern« nehme ich »Hermann Hesse«, das passt mit der silbenzahl.

*

Hesse bei literatur im foyer.
frau von Lovenberg fragt, ob Hesse so etwas ist wie masern. für Peter Härtling ist das gedicht »Ravenna« eine persönliche botschaft. er sagt auch, dass Hesse politisch viel genauer war als sein confrère Thomas Mann.
herr Schwilk sagt: in Calw gab es viele nazis.
in meinen notizen steht: den ring durch die nase. wahrscheinlich habe ich gedacht, dass das selbsterklärend ist. und: Ruth Wenger habe gesagt: auf sex hatte er keine lust. dann empfehlen sie noch einzelne Hesse-bücher.
richtig klüger geworden bin ich nicht.
bin ich schon zu sehr expertin? ich klopf' mir vorsichtig auf die schulter.

*

das hier möchte ich kaufen.
sie reicht es mir über die abgrenzung. »Glasperlenspiel«. Hesse taschenbuch. da ist die taste. sperlenspi. bar, knatter. ich öffne die kasse, entnehme das wechselgeld, packe das buch in die tüte, gebe beleg und geld der dame, schaue ihr in die augen und lächle. ich kann's

jetzt, juble ich still.
die dame lächelt zurück.
haben Sie es gelesen?
ich: ich hab' angefangen.
die dame: und? gefällt es Ihnen?
ich: bis jetzt kommt's mir ein bisschen vor wie Hogwarts. und der Josef Knecht ist der kleine schlaue streber Harry Potter. und der musikmeister ist der liebe, kluge Dumbledore, der alles in die richtigen bahnen lenkt. und die muggels sind durch Designori verteten und das »Glasperlenspiel« kapiere ich so wenig, wie ich quidditch kapiere.
es sind noch mehr museumsbesucher hier in der cafeteria. sie starren mich an. eine dame am tisch sagt, ich bitte Sie, das können Sie doch nicht vergleichen!
oder, sage ich, »Herr der Ringe«. so studienratsprosa.
das »Glasperlenspiel« ist doch nicht fantasy, sagt die dame am tisch.
nein, sage ich, aber science fiction schon. es spielt 2200, jedenfalls die haupthandlung.
hören Sie, das müssen Sie anders lesen: denken Sie doch an das »feuilletonistische zeitalter«! damit sind wir gemeint! das 20. jahrhundert mit seinem hedonismus und seiner oberflächlichkeit! spätbürgerliche götterdämmerung!
eine dritte dame fragt: ich hab's noch nicht gelesen, worum geht's denn da genau?
die dame am tisch: es geht um eine art gelehrtenrepublik namens Kastalien, die vor allem das glasperlenspiel betreibt und hütet, und das steht symbolisch für wissenschaft, kunst, bildung und so, das wird dort bewahrt.

wissenschaft und kunst versus barbarei ist auch gemeint, heißt es, er hat's ja in der nazizeit geschrieben.
der Josef Knecht, den die dame an der kasse für Harry Potter hält, steigt zum obersten spielemeister auf. dann aber verlässt er Kastalien, weil er doch erstarrung bemerkt und geistigen hochmut und geistige inzucht und teilnahmslosigkeit an der außenwelt. und weil er noch mal in der welt draußen ganz unten als lehrer anfangen möchte. mit EINEM schüler, murmle ich. auch nicht grad die Rütlischule. (denn ich hab schon vorgeblättert, das tut man in diesem buch.)
und dann?, fragt die dame gespannt?
na, wir wollen nicht alles verraten, sagt die frau am tisch. ein mann mischt sich ein.
das ist doch kein krimi, wo man den mörder nicht verraten darf. der Josef Knecht stirbt. er ertrinkt, weil er sich auf einen schwimmwettkampf mit seinem schüler einlässt. in einem eiskalten bergsee.
die dame am tisch sagt: der schluss wurde viel kritisiert, er sei zu plötzlich und ganz unverständlich.
der mann sagt: ein opfertod. der lehrer opfert sich, damit der schüler wächst.
ich sage: ich bin ja noch nicht so weit mit dem lesen, aber das ist gar nicht so schräg, wie sich's anhört. das lehrer-schüler-verhältnis ist ein kannibalisches. die schüler fressen die lehrer. die lehrer sind die geistige nahrung der schüler. wenn sie sich selbst geschickt rationieren, schaffen sie's manchmal bis zur rente. aber dann sind nur noch reste auf dem teller.
alle schweigen. ich spüre, ich hab's vergeigt.

*

ich lese weiter.
ganz falsch finde ich's aber immer noch nicht, Kastalien kommt mir vor wie eine einzige schule.
»Unterm Rad«. und »Waldzell«. alles Maulbronn. und Hellas ist Gryffindor. J.K. Rowling kommt nicht los davon, du nicht, mein freund, ich auch nicht, nach fünf jahren Salem.
und wie eine einzige geistige turnhalle kommt's mir vor, ein permanenter übungsraum, ein Sloterdijksches fitnesscenter zum zweck der vervollkommnung, der fremd- und selbstoptimierung, wie man's derzeit nennt, geht's mir deshalb auf die nerven? hallo? scroll mal ein paar seiten rückwärts, frau, »ich kann dem glück des dazulernens nicht widerstehen«, selbstoptimierung geht dir auf die nerven? das sagt die richtige.

*

ich habe aber auch schon auf den ersten seiten eine erleuchtung. na ja, erleuchtung ist vielleicht eine nummer zu groß, sagen wir, ein hmhm-erlebnis.
immer ging's unserem freund um individuation, um »werde der du bist«, bis das schließlich, sagt Heribert Kuhn, meine neue anlaufstelle für Hessefragen – gewissermaßen Hesse-sekundärliteratur »vom haus«, nämlich vom Suhrkamp Verlag, also, Heribert Kuhn sagt, es kam innerhalb der rezeption zu einem zirkel, insofern als alle

follower, sagt er nicht, gehorsam zu individuen wurden und es somit schon nicht mehr waren. ich hoffe, ich habe das richtig verstanden und richtig wiedergegeben. und da steht doch glatt im »glasperlenspiel«:
»uns heutige interessiert nicht die pathologie noch die familiengeschichte, nicht das triebleben, die verdauung und der schlaf des HELDEN; nicht einmal seine geistige vorgeschichte, seine erziehung durch lieblingsstudien, lieblingslektüre und so weiter ist uns sonderlich wichtig. uns ist nur jener ein held und eines besonderen interesses würdig, der von natur und durch erziehung in den stand gesetzt wurde, seine person nahezu vollkommen in ihrer hierarchischen funktion aufgehen zu lassen …«
ja, sagt Volker Michels im nachwort. das ist nicht mehr der alte Hesse auf individuationskurs. er ist jetzt gefestigt und im lot und kann sich einem thema von gesellschaftlicher tragweite zuwenden, dem projekt erziehungsreform nämlich.

*

und das ist halt doch eine stufe höher als alle diese biographien von männern in wachsenden ringen, die so gerne zu reifen individuen werden wollen, die Camenzinds, Giebenraths, die Sinclairs, die Siddharthas, Govindas, Narziss', Goldmunds – alle diese männer sind nämlich, behaupte ich mal kühn, in der pubertät hängen geblieben, wie der Hermann, als er seinen plattenspieler auspackt und die neue geburtstagshose. die pubertät ist ein stark biologisch bestimmtes interim und ein ziemlich kollektives und einebnendes notstandsgebiet. und sie einmal überstanden habend dann ein individuum zu werden, gelingt gar nicht so vielen. die meisten sind danach völlig erschöpft und gehen in den sportverein, in den kirchenchor, in die CDU, ins lehrerkollegium, in die feuerwehr, ins kloster. heiraten dreimal hintereinander. und haben follower bis ins dritte jahrtausend. eben weil sie keine individuen sind, sondern einer von uns. nicht schlagen, ich grübel' ja nur so vor mich hin.

*

und ich will fair sein: »Glasperlenspiel« hat er es genannt und mal auf den signifikanten gehört. so leise klirrend, zerbrechlich, papierdünn, durchsichtig, prismatisch kristallin und auch geschmeidig wie das geschmolzene glas, das ich in Murano glasbläser habe formen sehen, so ist das buch schon auch. pacta sunt servanda, versprechen muss man halten, titel sind versprechen, der titel muss im buch gespiegelt sein, sagt die verhinderte literaturwissenschaftlerin. und das kommt hin. das gelingt.
miss trotzkopf wirft ein: wenn wir schon bei kristall sind: STIFTER! »Bergkristall«! liest sie in der uni. auch ein text, der sich zeit lässt, aber was für eine geheime dynamik, welch kräftige symbolik, welch sprachlicher glanz! nein, widerspreche ich miss trotzkopf. du kannst ja viel machen, aber Hesse und Stifter intertextuell geht nicht, auch wenn das manche denken. großvater und enkel sollten nicht beide jeans tragen.

*

ich besuche unsere grund- und hauptschule, die – man konnte es vermuten – Hermann-Hesse-schule heißt. im foyer dieser schule gibt es türgroße bilder meiner kindheitsfreundin Roberte Logeais, der einzigen Dix-schülerin, sagt die legende. und in der mitte ist eins, das sich offenkundig dem »Glasperlenspiel« widmet.
da sitzt, in eine toga gewickelt, gehüllt, der Josef Knecht, vermute ich mal, und streckt mir seine fußsohle entgegen, sodass ich sehen kann, wie er mit den zehen eine schnur hält, auf die perlen aufgefädelt sind, die schnur führt zur rechten hand und dann zur linken, die das ende hält. fluchtlinien führen in raumestiefen, schraffuren wie dauerregen, farbe kommt hinein durch ein mosaik wie die glasfenster von Gerhard Richter im Kölner dom und sakralisieren das bild. ich bin sehr beeindruckt, gehe ins schulsekretariat und frage, ob es informationsmaterial zu diesen bildern gibt. die sekretärin schaut mich finster an und sagt, jede nachfrage ausschließend: nein.
aber ich treffe im Hörimarkt frau Dr. Manegold und überschwemme sie distanzlos mit meiner begeisterung. obwohl sie gerade eine neue ausstellung einrichtet und nur eben ein nusshörnchen beim bäcker Leins holt und am bezahlen ist und ich sichtlich nerve, sagt sie lieb, dass sie aufgrund dieser bilder eine ausstellung von Roberte Logeais gemacht hat und bestimmt noch unterlagen für mich hat.
ich führe ein geistiges luxusleben.

*

endlich lese ich »Kurgast«. warum jetzt erst? ich weiß doch, dass der gut ist. und woher? meine mutter war schauspielerin und im alter las sie leuten bücher vor. schön zurechtgestutze bücher auf jeweils eineinhalb stunden vorlesezeit, im einrichten war sie gut, den ganzen briefwechsel von Schiller und Goethe zum beispiel trug sie vor, das war phantastisch, wie der Johann Wolfgang und der Friedrich sich mit mails und SMS'en täglich mehrmals traktierten – sie wurden so sehr lebendig … und auch den »Kurgast« von Hermann Hesse las sie, las sie leuten vor, sogar hier in diesem museum hat sie das getan, und ich war oft zugegen. ich weiß, dass es mir gefallen hat.
ich habe meine mutter, wie gesagt, versorgt bis zur letzten stunde, ich musste bis zu achtzehn mal nachts aus dem bett, um ihr zu helfen, und ich wagte nicht, mir urlaub zu nehmen bis … ich wollte ja nicht, dass sie stirbt. als sie dann am 6.11.2001 morgens leblos im bett lag, da war ich ungeheuer befreit. ich wurde in den darauf folgenden tagen bis zur beerdigung immer alberner, lustiger, kicherte und jubelte, es war ganz seltsam und peinlich, und ich hoffe immer noch, dass es außer meiner freundin Ingrid niemand mitgekriegt hat. die strafe kam später, ich fing an zu trauern und habe bis heute nicht wirklich damit aufgehört. ich benutze immer noch ihr büchlein mit telephonnummern … die meisten ihrer freunde waren auch meine, und immer

wenn ich ihre schrift sehe, kommen mir die tränen. und wenn ich den »Kurgast« liegen sehe, auf unserem Hermann-Hesse-buffet, machen meine augen einen bogen darum.
und dann lese ich in der neuesten biographie: »Kurgast« ist »ein geniestreich, der unerwartet kommt. es ist die proklamierte selbstheilung jenes neurotischen künstlers Hesse aus dem geiste eines höheren humors, wie er ihn bei Mozart in der zauberflöte so bewundert. Hesse übt hier das zaubern auf eine ganz unpathetische, eine spielerisch ironische weise … ist das etwa oberflächlich? so wenig wie Mozarts märchenspiel um den vogelartigen Papageno«, schreibt Gunnar Decker auf Seite 460 in »HESSE, Der Wanderer und sein Schatten«.
und denke, wow, das stimmt. lies den »Kurgast«, dann kannst du frieden schließen.
der »Kurgast« ist genau das, ein gast zur kur in Baden bei Zürich mit gicht und ischias, und er macht, was kurgäste machen … am morgen: »tauche bis zum kinn in das heiße strenge wasser, das ein wenig nach schwefel riecht … um mich her spielt die wunderbare wärme des geheimnisvollen wassers, das da seit tausend jahren aus unbekannten küchen der erde rinnt und beständig in schwachem strahl in mein bad nachströmt … sehe dem stillen rieseln der sanduhr zu« … mittags, abends im speisesaal geht's dann weiter: gang um gang verspeisen, dem kurkonzert zuhören, den kinematographen besuchen, sogar roulettespielen, das wird beschrieben und bedacht und es wird hin und her gewendet, pro und contra wird erwogen, und schließlich werden diese tätig-

keiten verworfen zugunsten eigener seelischer aktivität. und mittendrin der holländer!
kann man das? das leiden verwandeln, das leiden unter einem menschen, einem holländer, (und seiner frau), in nummer 64, dem nachbarzimmer, durch die mangelhafte zimmerwand hindurch, das leiden, weil man ihm ZUHÖREN muss, bei allem, beim plaudern, beim gehen, beim »klirren von glas, feilen der zahnbürsten,« bei »der melodie des gurgelns«, beim spucken ins waschbecken, beim husten, beim krachen des bettes, zwölf tage und nächte lang – und es ensteht hass, hass, hass – kann man das HERUMDREHEN durch gedankenkraft, hass in liebe, mordgelüste in zärtlichkeit VERWANDELN? – ja, vielleicht, ich schau' rechts hoch – ganz glaubst du's nicht, oder? aber du hast es so dargestellt, dass man es fast glauben kann!
im »Kurgast«, das merke ich bald, da ist der Hermann nun doch noch erwachsen geworden. weg ist die larmoyanz der pubertät, überwunden die penetrante selbstbespiegelung des jungen mannes, und der quengelnde neurospießer ist noch pränatal. gekommen ist freundlichkeit und leiser spott, eben auch über den, den er da begleitet und beschreibt, den kurgast Hesse, da ist er doch noch – vorübergehend – erwachsen, so erwachsen, wie ich mir ihn wünsche, wie zu sein auch ich es mir wünsche.
da ist der Hermann auch ein erwachsener moderner autor, der mit den mitteln spielt, der genres mischt, der karikiert, reflektiert, sich selber über die schulter schaut. was hab' ich gesagt? ich freu' mich so, wenn ich bewundern kann!

*

Marie-Claire Döpfler hat meinen text über sie gelesen.
den kleinen text, der hier am anfang steht, am anfang meiner tätigkeit als aufsichtsperson im Hermann-Hesse-Höri-museum und am anfang unserer freundschaft.
sie spricht nicht mehr mit mir. seit zwei monaten.
Manfred Bosch, unser gemeinsamer bezugspunkt, kennt den text auch. er sagt, er sei absolut absprechend, ich ließe kein gutes haar an ihr, ich hätte sie lächerlich gemacht.
gar nicht gehe, den ausdruck p… auf sie anzuwenden.
irgendwie spricht sich der konflikt herum.
die hinterhältige, tückische Felicitas, die ihre freunde verrät.
bis hin zu meiner CHEFIN, frau Dr. Manegold.
die mich darauf anspricht.
ich gebe ihr den text zu lesen.
sie ist nicht soo entsetzt.
sie findet auch, p… geht gar nicht.
und: weg mit den klarnamen.
KLARNAMEN? ein neues wort für mich.
hallo Wikipedia? was ist bitte ein klarname?
hier kommt die antwort: der klarname ist, laut gemeinsamer normdatei (GND), der wirkliche name einer natürlichen person.
klarname. guter ausdruck. der name macht klar.
ich habe dich bei deinem namen gerufen; du bist mein, spricht der HERR.

wenn ich beim schreiben jemanden bei seinem namen nenne, tritt er in MEIN zimmer. ist DA, als person. klarnamen haben schöpferkraft.
aber wenn ich fertig bin mit schreiben, brauche ich keinen klarnamen mehr.
also gut. weg damit.
schweren herzens.
vom rund um den see kommen nachfragen. was haben Sie, was hast du da gemacht?
Marie-Claire Döpfler ist eine bekannte und wichtige persönlichkeit.
erst bin ich sprachlos. dann wehre ich mich. das ist doch ein liebevolles kleines porträt, sage ich, ja, gut, p… sagt man nicht, man sagt nicht, dass eine sehr erwachsene freundin p…
aber es trifft doch den tatbestand und es ist so ein nettes schulmädchenwort und ein bisschen ein schulmädchenklima haben wir hier halt. vielleicht habe ich sie verkleinert, vielleicht habe ich sie ein bisschen durch den kakao gezogen. aber doch nicht bösartig … eine mail kommt vom gegenüberliegenden ufer, diesmal zum trost: »Edmond de Goncourt hat, als bekannt wurde, dass er tagebuch schrieb, erlebt, dass die leute die straßenseite wechselten. und Thomas Mann hat sogar eigentümlichkeiten von Reisiger ausgebeutet, der oft und öfter als guter freund im hause wohnte« … ja, lieb gemeint, aber »ausgebeutet« schreibt der herr aus Lengwyl halt (unwillkürlich) auch.
ich bin traurig. egal, ob in der nationalmannschaft spielend oder in der kreisliga, das darf man halt nicht, den

»prägnanten kleinen text« über die freundschaft, über die unverletzlichkeit der menschenwürde stellen. das »elegante schafsgesicht« (Thomas Mann über Annette Kolb, alias Jeanette Scheurl im »Faustus«) hat die Annette ganz sicher auch gekränkt.
aber hat der text nicht auch seine rechte?
keine antwort von nirgends. alle betrachten mich stumm. Marie-Claire Döpfler kommt ins krankenhaus. ich gebe klein bei. ich schreibe ihr, dass ich sie nicht verletzen wollte.
sie schreibt zurück, wenn ich den text nicht vernichte, im computer lösche, ist das tischtuch zerschnitten.
ich zögere lange.
dann schreibe ich ihr, dass ich »p…« gestrichen habe und »wenn wir betreuerinnen es an hingabe fehlen lassen, ERZÄHLT sie es der frau Dr. Manegold.« und dass ich ihr einen neuen namen gegeben habe. und dass das alles sowieso niemals veröffentlicht wird.
dabei kreuze ich allerdings hinter dem rücken die schwurfinger.
denn das ist ein versprechen, das ich, wenn's geht, nicht halten will.

*

ich denke mir ein versöhnungsgespräch mit Manfred Bosch aus. vor der zerstörten synagoge in Wangen bei der lesung zum 9. november.
er: gibst du mir nicht die hand?
ich: (habe sie in der tasche).

er: du weißt schon, dass du im unrecht bist?
ich: ich hab's nicht so aufgefasst. aber wenn du meinst.
er: ich hätte nicht gedacht, dass du so mit freunden umgehst.
ich: und ich frage mich, warum du da wie so ein kreuzritter mit der lanze auf mich losdrischst. oder wie ein gekränkter minnesänger. bist Du denn ein bisschen in die Marie Claire verliebt? dann versteh' ich's. dann find' ich's gut.
liebe, sagt er, gibt es vielerlei. liebe will beschützen.
ich: und benützen.
er: auch das. jemanden nützlich finden ist ein großes kompliment.
ich: meinst du jetzt die schokoriegel? oder sponsoring der alemannischen literaturszene ganz allgemein?
er: das und noch viel mehr. du weißt genau, was sie alles tut für die literatur in der region. denk an die wohnzimmerlesungen, an die bücherei im museum, wie sie sich für die literarische gesellschaft Forum Allmende einsetzt, wie sie einzelnen kollegen hilft, das weißt du doch. und das fällt eben weg bei so einem giftigen kleinen text.
ich: okay, ich lösch' ihn.
wir schweigen beide. richtig gut ist es nicht.
ist dieses fingernagelgroße problem so eines, für das es keine lösung gibt?

*

Hermann Hesses todestag jährt sich zum fünfzigsten mal! wunderbare biographien, einzelstudien, neue compilationen finden sich ein auf unserem buffet, »Hermann Hesse antwortet … auf facebook«, kein geringerer als Volker Michels hat es verfasst.
ich greif mir als erstes die große monographie von Gunnar Decker. blättere. schau' mal im kapitel über »Siddhartha«. komisch, denke ich, hat ER sich verlesen oder ICH? wieso nennt er sie Karmala? ich wage es, am dienstcomputer im net zu schauen: Kamala heißt sie. schlampiger lektor, denke ich. denn, nicht grobschlächtig, wie man denken könnte, von karma ist der name abgeleitet, nein, werde ich belehrt, Hermann Hesse ist viel subtiler: Kamasutra ist die quelle und der hintergrund.
und da keiner kommt und ich in der cafeteria ganz allein bin, klick ich auch gleich mal auf Kamasutra.
oh! da geht's zu! kleine, feine, fernöstliche zeichnungen. sie und er, beide nackt, allerdings an den häuptern mit perlen schön geschmückt, beide im profil, sie kniend, schiebt er das ornament seines niedlichen penis in oder unter ihren runden hintern, extrem deutlich, aber auch so unschuldig wie ikea-bauanleitungen, wo es in den piktogrammen ja auch darum geht, welche schraube in welche mutter eingeführt werden muss ..
und wie die kapitel heißen! … »Die Mannigfaltigkeit der Küsse«, »Die Arten der Nägelwunden«, »Die Regeln für das Beißen mit den Zähnen«, »Stellungen beim Verkehr (besondere Vereinigungen)«, »Über den Mundverkehr« …

hatte das der Hermann Gundert in seiner bibliothek stehen, der pietistische großvater und Indienkenner … ich bin mir sicher! hat das der enkel betrachtet? gelesen?
vielleicht hat der Hermann gar nicht zu wenig über sexualität gewusst, sondern zu viel?
müssen wir ihn noch mal ganz anders lesen?

*

Bürgermeisterwahl in Gaienhofen! der bisher gewohnte, der bienenfreund, stellt sich wieder. aber: es gibt eine gegenkandidatin! eine grüne! heute abend ist podiumsdiskussion, moderiert vom Südkurier. in der Hermann-Hesse-schule.
da muss ich hin!
es ist sehr voll.
aber da vorne, da ist noch ein platz frei.
neben Marie-Claire Döpfler.
soll ich?
ist der platz noch frei?, frage ich.
sie blickt streng und finster. sie nickt aber.
ich setze mich.
der abend ist ja noch lang. und spannend.
vielleicht bringt er uns zum reden. das ging doch einstmals auch! das müssten wir doch schaffen!
das müsste doch – St.Hermann hilf! – gelingen!

*

und wieder ist es frühling.
ich freue mich auf mein tischchen neben meinem kumpel mit Bärbel Reetz' »Hesses Frauen«, Heimo Schwilks »Das Leben des Glasperlenspielers«, Deckers »Karmala« (da steht ja auch viel richtiges drin), auf lange heiße sommernachmittage, wir stellen »vom wert des alters« aus mit wunderbaren Hesse-photos seines sohnes Martin, der hat sich auch umgebracht wie Klaus und Michael Mann, ist es so schwer, eine berühmtheit zum vater zu haben? wunderbaren Hesse-photos, wo Hermann auf allen vieren das spiegelbild seiner katze simuliert …
ich freue mich auf stille alte besucher, die mich lesen lassen, und wenn sie mich ansprechen und mit mir plaudern wollen, dann nur über unseren gemeinsamen, bekanntlich rechts von mir übergroß abgebildeten, vieldeutigen schwarz-weißen freund.

ISBN 978-3-86351-406-8

Lektorat: Petra Wägenbaur, Tübingen.
Umschlaggestaltung: Christiane Hemmerich
Konzeption und Gestaltung, Tübingen.
Herstellung: Horst Schmid, Mössingen.
Satz: Alexander Frank, Ammerbuch.
Gesetzt aus der Adobe Caslon Pro.
Druck und Einband: Pustet, Regensburg.

Mehr über das Verlagsprogramm von Klöpfer & Meyer
finden Sie unter: *www.kloepfer-meyer.de*